モニター越しの飼育

大石 圭

角川ホラー文庫
21122

目次

モニター越しの飼育

プロローグ

十二月に入っても暖かい日が続いていたが、数日前からはこの季節らしい寒さが関東地方を包んでいた。庭の紅葉も今はその葉をほとんど散らせていた。

高校から戻った少女は二階の自室に入ると、そのドアにしっかりと鍵《かぎ》を掛けた。開け放たれていたカーテンも、隙間ができないよう注意深く閉めた。

静かだった。自分の息遣いや、心臓の鼓動が耳に届くほどだった。近所の歯科医院で事務仕事をしている母は、まだ帰宅していなかった。

エアコンが温風を噴き出し始めるのを待って、少女は濃紺のブレザーとチェックのスカートを脱ぎ捨て、臙脂色《えんじいろ》のリボンを解《ほど》いて白いブラウスと濃紺のハイソックスを脱ぎ捨てた。そして、白いブラジャーとショーツという格好でドレッサーの前に立ち、鏡に映った自分の姿を、目を凝らすようにして見つめた。

少女は色白で肌理《きめ》の細かい肌をしている。体つきはほっそりとしていて、左右の肩が鋭く尖《とが》り、脇腹にはうっすらと肋骨《ろっこつ》が浮き出ている。

だが、少女はその華奢《きゃしゃ》な体にコンプレックスを抱いている。いつまで経っても小さな胸は、特に大きなコンプレックスのひとつだった。

今度は鏡に映った顔に視線を移す。

あと少しで十七歳になろうという今も、少女はあどけない顔をしている。子供っぽいその顔もコンプレックスのひとつだった。

「お化粧をしたら、少しは大人っぽくなれるのかな」

鏡を見つめて少女は呟《つぶや》く。

クラスメイトの中にはリップグロスを光らせている子もいるし、マスカラやアイシャドウをつけて登校して来る子たちもいる。少女が通っているキリスト教系の学校は、校風が自由で、生徒の身だしなみにはうるさくなかったから、お洒落《しゃれ》が好きな子たちにはうってつけだった。

そんな子たちは大人っぽくて、少女の目にも魅力的に映る。けれど、少女は化粧をしたことがない。してみたいという気持ちはあるのだが、化粧なんてしたら、母にこっぴどく叱られるに決まっている。

両親が、特に母が成績にうるさいから、少女は勉強に力を入れている。塾にも真面目に通っている。だが、成績は思ったようには上がらない。

「わたしもお父さんも成績が良かったのに、あんたは誰に似てそうなっちゃったの？」

少女の成績表を見るたびに、母親はいつも苛立《いらだ》ったような口調でそんなことを言った。

そういうこともあって、少し前まで、少女はコンプレックスの塊だった。母の言うように、自分にはいいところが何ひとつないと感じていたのだ。

だが、今はそうではない。

コンプレックスがなくなったというわけではない。けれど、今はあの人がいる。

そう。あの人。ありのままの少女を受け入れてくれる、あの人。

その彼のために、きょうも少女はスマートフォンを手に取る。そして、カメラの機能を使って自分の顔や体を撮影し始める。

テストでいい点を取った時でも、少女の母が褒めてくれることは絶対にない。逆に、点が悪い時には顔を赤くしてヒステリックに少女を罵《ののし》る。

父は優しくて穏やかな人で、昔から少女を可愛がってくれている。それでも、共通の話題がないということもあって、父とはもう何年もまともに話したことがない。

けれど、彼は褒めてくれる。少女が自分の写真を送るたびに、『可愛いね』『すごく素敵だ』と言ってくれる。

少女にはその言葉のひとつひとつが嬉《うれ》しい。

この写真を見た彼は何と言ってくれるのだろう？　きょうはどんな言葉を使って褒めてくれるのだろう？

そんなことを思いながら、少女は下着姿の自分を撮り続ける。カーテンを閉め切った部屋に、スマートフォンのシャッター音が何度も繰り返し響き渡る。

カシャッ……カシャッ……カシャッ……カシャッ……。

少女は彼の顔を思い浮かべる。まだ写真でしか見たことのない彼の整った顔を……。

第一章

1

三月になったというのに、数日前に雪が降り積もった。薄汚れてしまったその雪が今も校庭のあちらこちらに残っている。多摩《たま》丘陵に位置するここは、都心と比べると雪の量が多かった。

そんな校庭を窓の向こうに眺めながら、加納凜《かのうりん》は校舎の四階で生徒たちに古文を教えている。教壇を行ったり来たりしながら、透き通った声で古今和歌集《こきんわかしゅう》についての授業を続けている。土曜日の四時限目だったから、これが今週の最後の授業だった。

いつものように、加納凜はとても控えめな格好をしている。きょうは濃紺のボレロに白いブラウス、踝《くるぶし》までの丈の濃紺のスカートという装いで、飾り気のない黒いパンプスの踵《かかと》は三センチほどだ。目につくところにアクセサリー類はつけていないし、整った顔にもうっすらとしか化粧をしていない。長くつややかな黒髪は後頭部でひとつに結ばれている。

凜の背後の黒板には読みやすい彼女の文字で、『思いつつ　ぬればや人の　見えつら

ん　夢と知りせば　さめざらましを』という和歌が書かれている。

「小野小町《おののこまち》のこの歌の意味、みなさんはもうわかっていますよね？」

四十数人の少年少女を見まわし、凜は優しい口調で語りかける。彼らは凜がクラス担任もしている二年四組の生徒たちで、まだ誕生日が来ない数人を除くと全員が凜より十歳年下の十七歳だ。

大学で平安《へいあん》文学に魅了された凜は、古文の魅力を何とかして生徒たちに伝えようと、いつも工夫を凝らしている。副教材にも力を入れているし、生徒の関心を引くために得意ではない冗談を口にすることもある。けれど、彼らの多くにとって古文は退屈なようで、真面目な顔をして話を聞いているのはほんの一握りの生徒だけだ。

「思いつつぬればや人の見えつらんというのは、あの人のことを思いながら眠りに就いたので、彼が夢に現れたのだろうか、という意味ですね。夢と知りせばさめざらましをという箇所は、もし夢だとわかっていたのなら、目を覚ましたりしなかったのにという意味です。夢の中でも好きな人に会いたいという女心と、ああっ、夢だったんだという、がっかりとした気持ちがよく伝わって来る和歌ですね」

生徒たちを順番に見まわし、凜はよく通る声で語りかける。けれど、その言葉に反応したのは数人だけだ。

その年頃の子供たちは成長の差が大きく、まだ中学生のように見える生徒もいれば、大学生だと言っても通じそうな生徒もいる。特に女子には大人びた少女が多い。

そんな女子生徒たちの何人かはお洒落に夢中で、手首や胸もとにアクセサリーを光らせたり、爪に淡い色のマニキュアを施したりしている。イヤリングをつけている少女や、髪を明るく染めている少女もいる。

それらはどれも校則では禁止されていることだった。だが、キリスト教系のこの私立高校は、生徒たちの身だしなみについては寛容だった。

「加納先生、質問です」

教室の左後方に座っている女子生徒のひとりが、満面の笑みで手を挙げた。下村《しもむら》まどかという快活な少女で、長い髪を栗色に染め、ネックレスやブレスレットを身につけ、ぽってりとした唇をリップグロスで輝かせていた。

「はい。下村さん、何ですか？」

凜は笑顔で少女を見つめた。下村まどかは国語の成績がとても良かった。

「先生にも小野小町みたいに、恋い慕いながら寝るような人はいるんですか？」

少女が質問をした瞬間、真面目に授業を聴いていた者たちだけでなく、ぼんやりとしていた生徒たちまでがいっせいに凜を見つめた。

「下村さん、馬鹿げた質問をしないでください。ついでだから、はっきりと言っておきますけど、わたしには付き合っている人はいません」

凜は顔をしかめ、毅然《きぜん》とした口調で言った。

「今はいないとしても、恋人がいたことはあるんですよね？　その人とはどこまでいったんですか？」

今度は教室の右前方に座った赤嶺優里《あかみねゆり》という少女が、凜に質問を投げかけて来た。赤嶺優里はかなりの美少女で、男子生徒たちの人気の的だった。

「赤嶺さんまで馬鹿なことを言っていないで、授業に集中してください。古今和歌集にわたしのことは無関係です」

「先生に恋人がひとりもいなかったっていうことはないはずですよ。恥ずかしがらず、ちゃんと質問に答えてください。恋人だった人とはどこまでいったんですか？」

赤嶺優里がしつこく質問をし、凜はとっさに大学生だった頃に付き合っていた男との性行為を思い出してしまった。

「そんな質問に答える義務はありません。赤嶺さん、とにかく授業に集中してくださ い」

「あっ、先生、赤くなってる。可愛いっ！」

再び下村まどかが叫ぶように言い、教室のあちらこちらから笑いが起こった。

真面目な凜を困らせるというのが、この二年四組の生徒たちの楽しみのようだった。

誰にでも公平で、誰の相談にも一生懸命に乗ってくれる凜のことを、このクラスの生徒たちの多くは姉のように慕っていた。

「静かにしてください」

凜は唇を真一文字に結び、あえて怖い顔をして教室全体を睨《にら》みつけた。

けれど、生徒たちの前でそんな顔を続けていることは難しかった。一年近く担任教師として接して来た今では、凛もまた彼らのことを自分の弟や妹のように感じていた。

「とにかく、授業に戻りましょう」

赤くなった顔を隠すように生徒たちに背を向け、加納凛は黒板に向き合った。

「この和歌の文法表現について、もう少し細かく話します」

平然とした口調でそう言いながらも、凛はまた大学生だった頃の恋人との行為をちらりと思い出した。

彼は性欲が旺盛《おうせい》で、会うたびに凛の体を求めたものだった。けれど、彼と別れてからは、異性と付き合ったことはなかった。


生徒たちの多くは帰り支度を始めている。すでに教室から出て行った生徒もいる。

凛が勤務するこの高校では、土曜日の授業は午前中だけだった。学年末試験が近いので、きょうはほとんどの生徒は放課後のクラブ活動がないはずだった。

凛が黒板を消していると、数人の少女がすぐ脇に歩み寄って来た。

「先生、千春《ちはる》はどうして休んでいるんですか？　本当にインフルエンザなんですか？」

少女のひとり、広瀬《ひろせ》尚美《なおみ》が親しげな口調で凛に訊《き》いた。

今、凛を囲んでいる少女たちは割と真面目で、化粧をしたり、髪を染めたり、アクセサリーを身につけたりしている子はいなかった。それでも、少女たちの唇ではリップグロスが光っていたし、スカートの丈はほんの少し腰を屈《かが》めたら下着が見えてしまいそうなほどに短かった。

「ええ。インフルエンザに罹《かか》っちゃったって、田代《たしろ》さんのお母さんから聞いてるわ」

田代千春という少女のあどけない顔を思い浮かべながら凜は答えた。田代千春が休み始めた日の朝に、凜は彼女の母親から娘が風邪をひいたという連絡を受けていた。その何日かあとには、ただの風邪ではなくインフルエンザだったので、しばらく休ませるという連絡をもらっていた。

「それ、本当だと思いますか？」

「えっ？　どういうこと？」

凜は少女たちの顔を見まわした。

「先生、本当に何も知らないんですか？」

凜の目を覗《のぞ》き込むようにして広瀬尚美がさらに訊き、一緒にいた少女たちが意味ありげな表情を浮かべて顔を見合わせた。

「あなたたち、田代さんのことで何か知っているの？」

少女たちの目を順番に見つめて凜は尋ねた。けれど、少女たちから返って来たのは、「本当に知らないんですね」「じゃあ、いいです」という言葉だけだった。

少女たちが何を知っているのかはとても気になった。田代千春がいじめを苦にして休んでいるのではないかと考えたのだ。もし、そうだとしたら、放っておくことはできなかった。インフルエンザにしては、田代千春は長く休み続けていた。

けれど、凜が口を開く前に、少女たちはこちらに背を向けてしまった。

2

凜が勤務する学校は文武両道をモットーにしていて、クラブ活動が、特に運動系の部活動が盛んだった。知識も経験もないにもかかわらず、一昨年《おととし》の四月から凜はチアリーディング部の顧問を務めさせられていた。

通常、チアリーディング部は土曜日の午後にも活動をしていたから、夕方まで凜は体育館で少女たちに付き合わなければならなかった。けれど、学年末試験前なので、きょうはその活動も休みだった。

職員室に戻った凜は、自分の机の上で持参した弁当を広げた。冷凍食品や前夜の夕食の残りなどを適当に詰め込んで作った、かなりいい加減な弁当だった。

中学校から大学までの一貫教育をしている凜の学校には学生食堂があり、月曜日から金曜日まで凜はその食堂内の教職員用のスペースで昼食をとっていた。けれど、土曜日は学生食堂が休みだったから、凜はいつも自宅から弁当を持参していた。

凜の机のすぐ脇には窓があって、一日ごとに強くなっていく日差しに照らされた校庭や、下校していく生徒たちの姿がよく見えた。学年末試験が終われば、凜がこの高校で迎える五回目の卒業式だった。

『ゆく河の流れは絶えずして、しかももとの水にあらず』

方丈記《ほうじょうき》の冒頭の一節を、ふと思い出した。

生徒たちはまさに川の水だった。そして、教員はその川の水面《みなも》に突き出したまま朽ちていく杭《くい》のようなものだった。

帰宅する生徒たちを眺めながら弁当を口に運んでいると、石黒《いしぐろ》という大柄な男性教師が歩み寄って来て、凜のすぐ脇の空いている椅子にどっかりと腰を下ろした。

「美味《おい》しそうなお弁当ですね。加納先生、ご自分で作ったんですか？」

凜の顔と弁当を交互に見つめ、馴《な》れ馴れしい口調で石黒が訊いた。

数学の教師である石黒達也《たつや》は、凜より三つ年上の三十歳だった。石黒はずんぐりとした体つきをした毛深い男で、髪も髭《ひげ》も眉毛《まゆげ》も濃くて、手首や手の甲にも真っ黒な剛毛がぎっしりと生えていた。見たことはないが、きっと臑毛《すねげ》や胸毛ものすごいのだろう。大きくて太った彼の姿を目にするたびに、凜は黒い毛に覆われた熊の姿を思い浮かべた。

「冷凍食品と夕食の残りを詰め込んだだけですよ」

石黒の顔を一瞥《いちべつ》し、素っ気ない口調で凜は言った。彼には早く立ち去ってもらい、午後の仕事に備えてひとりで静かに食事をしたかった。部活動はなかったけれど、学年末だということもあって、やらなければならない事務仕事は山積していた。

「そうなんですか？　僕にはすごく美味しそうに見えますよ」

脂ぎった石黒の顔は、いつも赤らんでいて、頬や鼻では毛穴がひどく開いていた。

都内の予備校で数学を教えていたという石黒は、去年の四月からこの高校での勤務を始めた。熊本県出身の石黒は苦学生で、新聞配達をしながら大学を卒業したという経歴の持ち主だった。彼は今、一年生の担任をしていた。

最初は気さくで明るい男だと感じた。だが、すぐに凜は、自己愛が強くて粘着質な彼の性格を鬱陶《うっとう》しく感じるようになった。

石黒が凜と交際したがっていることを知らない者は、教職員の中にはいないはずだった。彼のアプローチはそれほど露骨だった。だが、凜にはそんな気持ちはまったくなかったから、お茶や食事に誘われるたびに、なんだかんだと理由をつけて断っていた。

「そうですか。ありがとうございます。それで、何かご用ですか？」

石黒の顔は見ずに凜は訊いた。彼はとても体臭が強かったから、こんなふうに近くにいられると、もともと美味しくない弁当がますます不味《まず》くなりそうだった。

「町田《まちだ》駅のすぐ近くに新しいイタリア料理店ができたみたいなんで、今夜かあしたの晩にふたりで食事ができないかと思いましてね」

凜は弁当から顔を上げ、石黒の顔を見つめた。

異性の容姿に関して、凜はかなり寛容なほうだった。それでも、石黒の容姿は凜の許容範囲を超えていた。こちらの気持ちを察しようとしない身勝手さも嫌いだった。

「町田だったらご自宅から近いから、加納先生も便利でしょう？　その店、ワインの種類が多いから、ワイン通の加納先生には楽しいんじゃないかな？」

大きな体を乗り出すようにして石黒が言った。凜は小田急《おだきゅう》線とJR横浜《よこはま》線とが交わるターミナル駅の近くにマンションを借りていた。

「あいにくなんですが、今夜もあしたもいろいろとやらないといけないことがあって……」

笑みを作りながら、凜はやんわりと誘いを断った。

「この土日はチアリーディング部の活動もないでしょう？　少しぐらい時間を作れないんですか？　たまには付き合ってくださいよ」

「ごめんなさい。どうしても都合がつかないんです」

苛立《いらだ》ちを覚えながらも、凜は相変わらず笑顔で言った。

「だったら、いつならいいんですか？」

ムッとしたような顔になった石黒が、ぶっきらぼうな口調で訊いた。

「ごめんなさい。先の予定がなかなか決まらなくて……」

「そうですか。わかりました。それじゃ、また誘います」

ふて腐れたような顔をして言い捨てると、石黒がようやく立ち上がった。

石黒のずんぐりとした背中を見送りながら、凜はそっと安堵《あんど》の溜《た》め息を吐いた。

珍しく暗くなる前に、凜は自家用車に乗って学校を出た。去年の夏に買い替えたトヨタのハイブリッドカーだった。

学校から自宅のマンションまでは、道さえ空《す》いていれば車で十五分ほどの距離だった。けれど、朝夕のその道はいつも渋滞していたから、通勤と帰宅にはたいていは三十分、ひどい時には一時間近くかかることもあった。

道路の両側には葉を落としたプラタナスがどこまでも続いていた。路線バスが走るその道はきょうもかなり混んでいて、信号が青なのに車はなかなか進まなかった。

時間に追われている時には、その渋滞に苛立つこともある。けれど、あしたは日曜日だったし、自宅に持ち帰る事務仕事も少なかったから、きょうの凜は夕暮れの空や、朱に染まった雲を眺めながら、のんびりとした気分でハンドルを握っていた。

まだ寒い日も少なくなかったが、日の入りの時刻は着実に遅くなっていた。もうすぐ桜も咲くだろう。

大学に通うために凜が上京して来たのも、ちょうどこんな季節だった。凜の故郷は深い雪に覆われていて、春の気配など微塵《みじん》も感じられなかったというのに、東京はとても暖かくて、あと数日で桜が咲くという予報が出ていた。

ああっ、これからわたしは東京で生きていくんだ。

十八歳だった凜はそう思って、わくわくした気持ちになったものだった。

3

凜という名は母がつけた。どんな時にも凜とした、強い女性になってほしいという願いを込めたのだという。

凜は日本有数の豪雪地帯である新潟県の南魚沼《みなみうおぬま》郡で生まれ、高校生までその土地で育った。そこは米どころだったから、近所には農業で生計を立てている人も多かった。だが、凜の両親は教師で、父は中学校で社会科を、母は県立高校で英語を教えていた。

ひとりっ子であるにもかかわらず、凜には甘やかされたという記憶がまったくなかった。両親から褒められた覚えもなかった。

凜の父と母はいとこ同士という関係だった。そんなこともあってか、父と母は性格がよく似ていた。ふたりは恐ろしいほどに真面目で、自分にも他人にも厳しい人たちだった。酒も飲まず煙草も吸わない彼らの唯一の趣味は仕事で、自宅ではたいてい、それぞれの自室で読書をしたり、学校から持ち帰った事務処理をしたりしていた。

お父さんとお母さんの人生には、何か楽しいことがあるのだろうか？

ごく幼い頃から、凜はしばしばそんなことを思ったものだった。

学校での両親は体罰に強く反対していた。だが、凜には『躾《しつけ》』と称して容赦なく体罰を加えた。特に、母親のそれはひどいもので、高校生の時まで凜は頻繁に母から往復ビンタを浴びせられたものだった。華奢《きゃしゃ》な凜とは対照的に、母は大柄で太っていて、力がとても強かった。

他人の前での母はいつも、きっちりとした口調で話をした。けれど、凜に対してだけは汚い言葉を平気で使った。

ごく幼い頃から、凜は周りの人々に『可愛い』と言われていた。『お人形さんみたい』と言われることもあった。けれど、両親が娘の容姿を褒めることは決してなかった。凜が七五三で着飾った時にも、学芸会でシンデレラを演じた時にも、ふたりは何も言わなかった。

フェミニストだと公言している凜の母は、女が化粧をしたり、着飾ったりすることは男に媚《こ》びることだと決めつけていた。実際、凜は母が化粧をしているのを目にしたことが一度もなかった。

その母は、ひとり娘の凜がミニスカートやショートパンツを穿《は》くことを許さなかった。肩が剝《む》き出しになるような服も禁止で、マニキュアを塗ったり、髪を染めたりするなんて言語道断だった。

大学に入学し、ひとり暮らしを始めた時には、母と離れられて心の底からホッとした。それでも、強烈だった母の影響はいつまでも残っていて、凜は今でもうっすらとしか化粧をしていない。黒いままの長い髪は、学校ではポニーテールに結んでいる。踵《かかと》の高い靴を履いて学校に行くこともない。盆暮れに帰省する時には母の目を気にして、凜はいつもよりさらに地味な装いをする。

今は自活しているのだから、母のことを気にする必要はないのだとわかっている。だが、きっと母が生きている限り、凜がその影響下から完全に抜け出すことはないのだろう。

今もいつも母がどこかで見ているような気がして、凜は何をしていても心から楽しいと思うことができなかった。楽しむことに、罪悪感のようなものを覚えてしまうのだ。

空が少しずつ明るさを失い、いくつかの星が瞬き始めた。道路の両側の街路灯にも明かりが灯《とも》り始めた。

自宅に向かって車を走らせ続けながら、凜は男のことを考えた。教え子の少女たちがあんな質問をしたからだ。

凜は昔から男の子たちの人気の的だった。いったい何人の男の子の告白を受けたか、数えきれないほどだった。

けれど、その頃は異性と付き合うことは考えられなかった。厳しい両親が異性との交際を許すはずはなかったから。

大学生だった頃には、一年半ほど男子学生と付き合っていた。けれど、今の凜には付き合っている男はいなかった。

凛は美しかったし、すらりとしていてスタイルも抜群だった。性格も穏やかで、出しゃばりでもお喋《しゃべ》りでもなかったから、数学の教師の石黒に限らず、言い寄って来る男たちが何人もいた。

けれど、凛はそういう男たちからの求愛をすべて断っていた。彼らのことを好きだと思えなかったからだ。

たとえ相手がどれほどの金持ちでも、どれほどの美男子でも、好きでもない男と付き合うなんて、凛には考えられなかった。

マンションの十一階にある自室に戻った凛は、いつものように笑みを浮かべてドアを開けた。そんな凛を、いつものように丸々と太った黒猫が玄関で出迎えてくれた。二歳の雄の雑種猫で、凛は彼に光源氏《ひかるげんじ》から借りた『ゲンジ』という名をつけていた。

「ただいま、ゲンちゃん。寂しかったの？」

尻尾《しっぽ》をピンと突き立て、喉《のど》を鳴らしながら体を擦《こす》りつけて来る黒猫の顔に、凛は身を屈《かが》めて何度も頬擦りをした。

誰もいない家に戻るのを、かつての凛は寂しいと感じていた。だから、同僚の英語教師の三浦智佳《みうらともか》から、「うちの猫が子猫を四匹も産んだの」と聞かされた時、即座に「飼いたい」と言って譲り受けた。それからの凜は、仕事が終わるといつも、猫のことを思いながら自宅に戻った。そして、玄関で出迎えてくれる黒猫を、靴も脱がずに抱擁するのが日常になっていた。

留守番をしている黒猫のために、冬のあいだは留守にする時にも床暖房を消さなかった。それで室内はいつもぽかぽかと暖かかった。

ひとしきりの抱擁を終わらせると、凜は黒猫を抱き上げた。そして、いつもそうしているように窓辺に立って、無数の光に彩られた繁華街を黒猫と一緒に見下ろした。

今の高校に勤務を始める時に、凜は駅から五分ほどのこの十一階建てのマンションの最上階に2LDKの部屋を借りた。家賃は安くなかったけれど、防犯設備が行き届いているることや、管理人が常駐していること、そして、何より、最上階の角部屋なのでほかの部屋からの物音が聞こえないことが気に入っていた。

静かな室内に、『間もなく、お風呂《ふろ》が焚《た》けます』という音声が流れた。それを合図に、凜はクロゼットの前でボレロとスカートを脱ぎ、そのまま脱衣場に行ってブラウスと下着を脱ぎ捨てた。

二十七歳になった今も、凜は贅肉《ぜいにく》のない体をしていた。手足が長く、ウェストがくびれていて、ファッションショーのモデルのようだった。乳房は小ぶりだったけれど、しっかりと張り詰めて上を向いていた。

衣類を脱いで浴室のドアを開けると、凛は湯の張られた浅い浴槽に華奢な体を横たえた。時間に追われる日々の中で、入浴は至福のひとときだった。

二本の脚をいっぱいに伸ばす。透き通った湯の向こう、恥骨の膨らみの上で、性毛が黒い海草のように揺れている。教師になってからの凛は定期的に美容外科に通い、今では髪と眉毛《まゆげ》と睫毛《まつげ》と、わずかばかりの性毛を除いたすべての体毛を除去していた。

凛の臍《へそ》では今夜もハート形をした金のピアスが光っていた。ふだんの凛はアクセサリーをいっさい身につけない。耳たぶにはピアスの穴もない。けれど、その臍のピアスだけは別だった。

人目を避けたお洒落《しゃれ》は、あとふたつあった。そのひとつは足の爪に施した派手なジェルネイルだった。靴の中に隠れた爪を、凛は定期的に通っているネイルサロンでいつも派手に彩っていた。

もうひとつのお洒落は歯だった。月に一度、凛は歯科医院でオーラルケアをしてもらい、何ヵ月かに一度はホワイトニングをして歯を真っ白にしていた。

本当の凛はお洒落が好きだった。だから、化粧をしたり、髪を染めたり、アクセサリーを光らせたりしている女子生徒たちが羨《うらや》ましくもあった。

「ああっ、疲れた……」

浴槽に身を横たえたまま、凛は天井に顔を向けて呟《つぶや》いた。

教師としての毎日に、凜は充実を感じていた。それでも、クラス担任と国語の教師、チアリーディング部の顧問を兼任するというのはかなりの重労働だった。拘束時間も長くて、帰宅するといつも、食事を作る気にもなれないほどに疲れ切っていた。

凜はワインが、特に酸味の強い白ワインが好きだった。けれど、平日はとても忙しくて、ワインを口にできるのは週末だけだった。

恋人が欲しいと思うことはめったにない。それでも、時に孤独を感じることもあった。誰かに向かって、心の内を吐き出したいという気持ちもあったし、愛する人の体温を感じたいと思うこともあった。

4

生徒のひとりひとりに対して、凜は強い責任を感じていた。彼らの保護者たちの中には教師に無理難題を言う人たちもいた。そういうこともあって、凜が日々、覚えているストレスは生半可なものではなかった。

けれど、そんな凜にも気晴らしがあった。

週末の晩ごとに行う人には言えない密《ひそ》かな楽しみ……それは濃い化粧を施し、エロティックな下着とたくさんのアクセサリーを身につけた自分の姿を撮影することだった。

凜は今夜も湯上がりの素肌に白いタオル地のバスローブをまとった。そして、寝室のドレッサーの前に腰かけ、ふだんは使わない化粧道具の数々を使って、整った顔に濃密な化粧を施し始めた。

ベースクリームとコンシーラー、コントロールカラーとファンデーション、チークと粉おしろい、ハイライトとノーズシャドウ、アイブロウペンシルとアイライン、アイシャドウとマスカラ、リップルージュとリップグロス……手を動かすたびに、鏡に映る顔はどんどん変化していった。まるで手品をしているかのようだった。

化粧をしているあいだに、凜の気持ちは徐々に高まっていった。それは男の手で愛撫《あいぶ》を受けている時の気分によく似ていた。

二十分ほどで化粧を終えると、ヘアドライヤーとヘアアイロンで長い髪を丁寧に整えた。いつもはポニーテールに束ねているその髪は、癖がなく、つややかで、コシがあって、凜が密かに自慢に思っているもののひとつだった。

髪を整え終えると、今度は手の爪に派手なネイルシールを一枚一枚貼りつけた。マニキュアだと乾くのを待たなければならなかったし、学校に行く前に除光液で落とさなければならなかったが、シールならそんな面倒はいらなかった。

続いて、凜は部屋の片隅のクロゼットに向かった。そして、その中の引き出しからインターネットの通信販売で買った下着を取り出した。

それらは機能性を完全に無視し、男たちの欲望を刺激するためだけにデザインされたエロティックな、いや、猥褻《わいせつ》と言ってもいいような白く透き通った下着だった。

その化織の下着を身につけると、凜は腰に手を当ててドレッサーの前に立った。

それらの下着はほぼ完全に透き通っていたから、小豆色《あずきいろ》をした乳首や、押し潰《つぶ》された性毛がはっきりと見えた。その姿は全裸でいる時よりエロティックだった。

自分の姿を一分近く見つめてから、凜はドレッサーの引き出しからいくつものアクセサリーを取り出し、それらを次々と身につけていった。

大きなイヤリング、太いネックレス、アンクレット、ブレスレットやバングルの数々、ウエストチェーン……安物ばかりだったが、どれもギラギラとよく光る、悪趣味なほど派手なアクセサリーだった。

最後に、クロゼットの奥の箱から、やはり通信販売で買ったパンプスを取り出した。立っていることさえ容易でないほど踵《かかと》の高いオープントゥーの白いパンプスだった。足を締めつけるそのパンプスを履くと、凜は再びドレッサーの前に立った。

鏡に映っているのは、真面目《まじめ》で勤勉で生徒思いの女性教師ではなく、淫《みだ》らで妖艶《ようえん》な娼《しょう》婦《ふ》だった。フェロモンを撒き散らしている雌の獣だった。


週末の晩にはいつもしているように、その晩も凜は寝室で、淫らな娼婦へと変わった自分の姿を撮影し始めた。カーテンを閉め切った静かな室内に、スマートフォンのシャッター音が何度も繰り返し響き渡った。

こんなことをするのは、すべて自分自身の楽しみのためだった。こうして撮影をしていると、凜はいつも強い性的な高ぶりを覚えた。ふだんは抑えている自己愛が、心地よく満たされていくのも感じられた。

凜は夢中になって撮影を続けた。妖艶に体をくねらせたり、長い髪を両手で掻《か》き上げたり、ベッドの上で大きく脚を広げて四つん這《ば》いになったり、姿勢よく正座してレンズを見つめたりして、自分の姿を次々とスマートフォンに納めていった。

撮影した写真は、すべて自宅のパソコン内に保管してあった。その写真を誰かに見せたい気持ちもないわけではなかった。美しい女が、その姿を見られたいと思うのは、ごく普通の欲望だった。

けれど、誰かに見せることは絶対にしないつもりだった。

カシャッ……カシャッ……カシャッ……カシャッ……。

いつものように、シャッター音が響くたびに股間《こかん》がじっとりと潤んでいった。

撮影を終えた凜はベッドに身を横たえ、自分の体を自分の手で愛撫し始めた。

自慰行為をするようになったのは、教師になって一年ほどがすぎた頃のことだった。最初の頃は抵抗もあった。自分のことを、異常な女だと思うこともあった。だが、今はそうではない。自慰行為は凜が自分を解放できる大切な手段だった。

だから、もはや憚《はばか》らなかった。憚る必要もなかった。

そして、今夜も凜は自慰に耽《ふけ》った。いつものように、数人の男たちにレイプされる自分を思い描きながら自慰に耽った。

これまでに、いろいろな場面を想像して自慰をしてきたが、複数の男たちに力ずくで犯されているところを思い描いた時がいちばん高ぶることに気づいたのだ。

凜は想像した。ふたりの男に同時に犯されている自分を想像した。男たちに四つん這いの姿勢を取るよう強要され、背後から男のひとりに犯され、前方にひざまずいている別の男の性器を口に含んでいる自分を想像した。

凜の中に硬直した男性器を突き入れながら、背後の男が凜の乳房をこれでもかという激しさで揉《も》んでいる。前方にいる男は凜の髪を鷲摑《わしづか》みにして顔を前後に打ち振らせ、凜の喉《のど》を嫌というほど乱暴に男性器で突き上げている。

ああっ、犯されている。メチャクチャにされている。

そう思うと、言葉にできないほど強烈な快楽が湧き上がった。

指をショーツの中に深く差し入れて凜は股間をまさぐり、左右の乳房を荒々しく揉みしだいた。派手に彩られた足で何度もシーツを蹴《け》り、天井に向かって腰を突き上げ、アーチ型に身を反らして淫らな声を上げた。

かつて恋人と交わっていた時には、凜は歯を食いしばり、漏れそうになる声を懸命に抑えていた。けれど、今はそんな必要はなかった。

自慰行為が終わると、そそくさと化粧を落とし、体液を吸い込んだ下着を洗濯機に放り込んだ。

自慰をしたあとはいつもそうであるように、今も凜は羞恥心《しゅうちしん》と自己嫌悪にまみれていた。さっきまでの淫らな自分が、今の凜には認め難かったのだ。

あんな格好で自撮りをするなんて、わたしはおかしいのだろうか？　男たちに寄ってたかって犯されたいだなんて、よっぽどの淫乱《いんらん》なのだろうか？

そんなことを考えながら、凜は機能性の高い木綿の下着を身につけた。

いずれにしても、これを誰かに知られたら、生きていけないに違いなかった。

5

広々としたリビングダイニングキッチンで夜景を見下ろしながら、凜はゆっくりと食事をした。その足元には黒猫がうずくまり、凜の足の甲を枕にして寝息を立てていた。

床暖房が快適だったから、自宅での凜はいつも素足ですごしていた。

大学生の頃には自炊をしていた。けれど、今は忙しくて、食事を作るということはめったになくなっていた。今夜も食卓に並んでいるのは、帰宅前にすぐそこのコンビニエンストアで買った総菜の数々だった。

それでも、今夜はそれらの総菜をパックから取り出し、お気に入りの食器に丁寧に盛りつけ、割り箸《ばし》ではなくナイフやフォークを使った。ただそれだけのことで、いつもと同じ総菜がずっと美味《おい》しく感じられた。

いつものように、テレビは点《つ》けなかったし、音楽も流さなかった。聞こえて来るのは、自分が食べ物を噛《か》み砕く音と、ナイフとフォークと食器の触れ合う音だけだった。

週末なので、今夜は一週間ぶりにワインを飲んだ。フランスのサヴォワ地区で栽培された、ルーセットという葡萄《ぶどう》を使って作られた香り高い白ワインだった。両親はアルコールを口にしない人たちだったけれど、凜は大学生の頃に酒の味を覚えていた。

手の爪は今も派手なネイルシールで彩られていた。月曜日の朝まで、そのまま貼っておくつもりだった。食事を続けながら、凜はその爪に何度となく目をやり、そのたびに少し嬉《うれ》しい気持ちになった。

食事を続けていると、テーブルの端に置かれていたスマートフォンが鳴った。大林《おおばやし》という学年主任からの電話だった。

その瞬間、顔が強《こわ》ばった。こんな時刻に学年主任が電話をして来るということは、差し迫った問題が起こったに違いなかった。

「はい。加納です」

口の中のものをワインで飲み下してから凜は電話に出た。

『夜分にすみません。大林です』

学年主任の声には緊張感のようなものが漂っていて、凜はさらに顔を強ばらせた。

大林は五十三歳だと聞いていた。どす黒い顔をした痩《や》せた男で、神経質で几帳面《きちょうめん》だったけれど、基本的には誠実で、信頼のおける男だった。

『加納先生、休みの日に申し訳ないんですが、あした、学校に来られませんか？』

「あの……何か問題があったのでしょうか？」

スマートフォンを握り締めて凜は尋ねた。胸の中には強い不安が広がっていた。

『ええ。実は加納先生のクラスの田代千春という女子生徒の保護者から、ちょっと深刻な内容の電話をもらいまして……』

重苦しい口調で大林が言った。苦しげに歪《ゆが》められたどす黒い顔が見えるようだった。

「あの……田代さんに何かあったんですか？」

細く描かれた眉《まゆ》を寄せるようにして凜は訊《き》いた。きょう学校で、少女たちが田代千春のことを話していたのを思い出したのだ。

『詳しいことはあした、学校で話します。それでいいですか？』

本当は今すぐに、何があったのかを聞きたかった。けれど、凜はそれ以上の質問はせず、「はい。けっこうです」と小声で答えた。

6

チアリーディング部の活動がなければ、日曜の朝は午前九時頃まで寝坊をする。けれど、今朝はいつもと同じ時刻に車で出発し、いつもと同じ午前七時半に校門を潜った。ふだんは日曜日でも校庭では、運動部の生徒たちが大きな声を張り上げて練習をしている。けれど、学年末の今、校庭はしんと静まっていた。

凜はいつものように、とても控えめな装いをしていた。今朝まで指先を彩っていた派手なネイルシールも、出かける前にすべて剝《は》がしていた。

凜が面談室に行くと、学年主任はすでにそこにいた。教頭の水島《みずしま》が一緒だった。

水島は背が低く、頭が禿《は》げ上がり、でっぷりと太っていて、上を向いた鼻からは鼻毛が盛大に飛び出していた。生徒たちからはひどいあだ名で呼ばれていたけれど、彼もまた真面目で、生徒思いの教師だった。

教頭までがいるなんて、何が起きたんだろう？

凜は思わず眉をひそめた。学年主任と教頭はとても難しい顔をしていた。

「おはようございます」

面談室のドアを開けた凜は小声でそう言うと、怖《お》ず怖ずとした態度でふたりに深く頭を下げた。教頭と学年主任の前には、ラップトップ型のパソコンが置かれていた。

「休みの日に呼び出して済まなかったね」

教頭が重苦しい口調で言った。

「いいえ。かまいません。それで、あの……田代さんに何があったんですか？」

凜が訊き、教頭と学年主任が一瞬、顔を見合わせた。それから、どす黒い顔をした学年主任が、「うん。実はね」と話を切り出した。

田代千春はいじめを苦にして休んでいるのではないか。たぶん、そうなのだろう。凜はそう予想していた。この私立高校ではいじめの問題はそれほど多くはなかったが、時にはそういう問題も発生していた。

けれど、学年主任の口から出たのは、予想もしなかった言葉だった。なんと、田代千春はリベンジポルノの被害に遭っているというのだ。


そのことに教職員の中で最初に気づいたのは、小野寺由佳里《おのでらゆかり》という若い英語の女性教師だった。一昨年《おととし》の春に新卒でこの学校の教師になった彼女は、それを自分のクラスの女子生徒のひとりから聞いたようだった。

驚いた小野寺由佳里はすぐにパソコンで事実の確認をした。そして、顔をひどく引きつらせながら教頭の水島と大林に報告した。前日の夕方、凜が帰宅してすぐのことだった。

水島と大林は小野寺由佳里と一緒に事実の確認をした。そして、顔を背けたくなるような映像の数々を目にした。

その直後に、教頭が田代千春の自宅に電話を入れた。その電話に出たのは田代千春の父親だった。

「先生もお気づきになってしまいましたか」

田代千春の父が呻《うめ》くように言った。彼はすでにその事実を知っていたようだった。

それから、一時間ほどあと、辺りが暗くなってから、田代千春の父親が学校にやって来て、この面談室で教頭と大林に会ったのだという。

「娘が大変なご迷惑をおかけしてしまい、申し訳ございません」

田代千春の父親はそう言うと、教頭と学年主任に深々と頭を下げた。そして、真面目そうな顔を苦しげに歪めて、これまでのことをふたりに話し始めた。

田代千春の両親が事実を知ったのは、その一週間前の土曜日のことだった。より正確に言うと、少女の母は土曜日の午前中に事実を知り、夕方、帰宅した父は妻からそれを伝えられたのだ。

彼らの娘はその前の週から、体の具合が悪いと言って学校を休み、自室に引きこもっていた。最初の二日間は彼の妻も娘を放置していた。けれど、三日目には嫌がる娘を無理やり車に乗せ、近くの医院に連れて行った。娘が仮病を使っているように感じたのだ。

妻が思った通り、医院では娘の体に異常は見つからなかった。

「どこも悪くないんだから、学校に行きなさい」

彼の妻はそう言って、娘を登校させようとした。彼女はいわゆる『教育ママ』で、娘の成績に一喜一憂していた。

けれど、娘の千春は「具合が悪い」「吐き気がする」「頭が痛い」などと言って、頑《かたく》なに登校を拒んだ。

父親である彼も、娘のことを心から案じていた。けれど、会社があまりに忙しくて、何の手も打てないでいた。彼は毎日、始発電車で出勤し、最終電車で帰宅するような生活を送っていた。

先週の土曜日も、彼は平日と同じように職場へと向かった。会社は休みだったが、どうしてもやらなければならない仕事があったのだ。

それでも、その日はまだ明るいうちに自宅に戻ることができた。

きょうこそ、娘と話し合おう。何があったのか、何としてでも聞き出そう。

そう思いながら帰宅した彼を、泣き腫《は》らした顔をした妻が、ひどく取り乱した態度で出迎えた。

「ああっ、あなたっ！　どうしたらいいのかしら？　どうしたらいいのかしら？」

妻は涙を流し、自分の手を嚙んだり、髪を搔《か》き毟《むし》ったりしながら、娘がリベンジポルノの被害者となっているのだと彼に伝えた。その土曜日の朝、彼が出勤したあとで部屋から出て来た娘が、泣きながら母にすべてを打ち明けたようだった。

娘はインターネットの交流サイトで出会った男と、数ヵ月前から付き合っていたということだった。その男に求められて、娘は自分の下着姿や裸などを撮影し、スマートフォンから彼に送っていたのだ。

「お母さん、助けて。わたし、どうしたらいいかわからない。助けて。助けて」

母に向かって娘はそう繰り返した。

そう。田代千春は母に助けを求めたのだ。母だったら、この窮地から自分を救い出してくれると期待したのだ。

けれど、彼の妻がしたことは、ヒステリックに怒鳴りながら娘を両手で突き飛ばし、左右の頬を平手で何度も張ることだった。

学年主任の話を聞きながら、凜は進路相談の時に会った田代千春の母の顔を思い浮かべた。少女の母はギスギスに痩せた神経質そうな女性で、かなり気取った口調で話をした。

千春が母に打ち明けたその夜、父親は自分の部屋でパソコンに向かい、可愛い娘のおぞましい映像を容易に見つけ出した。

「夢であってくれと願いました」

田代千春の父は首を左右に振り、絞り出すように教頭と大林に言った。

「どうしてもっと早く、われわれに相談してくれなかったんですか？」

教頭は非難するかのような口調で少女の父に訊《き》いた。こういう問題に対処するには、早ければ早いほどいいと考えたのだ。この一週間に少女の写真や動画は、癌細胞のように増殖を続けて来たにちがいなかった。

「何と言うか……恥の上塗りをするような気がしまして……」

父親は赤くなった目に涙を浮かべ、縋《すが》るように教頭と大林を見つめたのだという。

警察への通報を父親はいまだにためらっていた。警察官たちに娘の淫《みだ》らな画像を見られたくないという気持ちからだった。

そんな父親を大林は教頭とふたりで説得した。早くしなければ、取り返しのつかないことになってしまうはずだった。

7

「問題の映像を、今から加納先生にも見ていただきます。女性にはお見せしたくないのですが、担任としてはやはり、見ておいたほうがいいかと思います」

難しい顔をしてそう言うと、大林が節くれ立った指を素早く動かして、目の前に置かれたパソコンの操作を始めた。

凜は無言で唇を噛《か》んだ。田代千春の気持ちを思うと涙が出て来そうだった。

「これをご覧になってください」

顔を上げた学年主任が、すぐ向かいに座っている凜に言った。

その言葉に、凜は立ち上がり、学年主任の背後からパソコンを覗《のぞ》き込んだ。

ある程度の覚悟はしているつもりだった。だが、その映像を目にした瞬間、凜は思わず目を逸《そ》らした。そこに映っていたのが、猥褻《わいせつ》極まりない映像だったからだ。

けれど、見ないで済ますわけにはいかなかった。ふーっと長く息を吐いてから、凜は再びパソコンに視線を戻した。

画面に映し出されていたのは、下半身を剥《む》き出しにした男の足元にうずくまり、男性器を口に含んでいる少女の映像だった。少女は臙脂《えんじ》のリボンがついた白いブラウスに、凜の高校の制服のスカートを穿《は》いていた。

少女は目を閉じ、頬を凹《へこ》ませ、苦しげに顔を歪《ゆが》めて硬直した男性器を口に含んでいる。すぼめられたその唇から、唾液《だえき》にまみれた男性器が出たり入ったりを繰り返している。

その映像には音声が録音されていて、濡《ぬ》れた唇と男性器が擦《こす》れ合う淫靡《いんび》な音が凜の耳に絶え間なく入って来た。鼻孔を広げている少女の苦しげな呼吸音も聞こえた。

少女の前に仁王立ちになっている男は骨張った手で少女の髪を鷲摑《わしづか》みにし、少女の顔を前後に振り動かしている。喉《のど》を突き上げられた少女は、塞《ふさ》がれた口から苦しげでくぐもった呻きを断続的に漏らしている。

男は時折、片手を下ろし、わずかばかりの膨らみしかない少女の胸を、白いブラウスの上から乱暴に揉《も》みしだく。胸を揉まれた少女が、切なげに顔を歪め、またくぐもった呻き声を漏らす。

凜は心の中で悲鳴を上げた。あの田代千春がこんなことをしているなんて、とてもではないが信じられなかった。

仁王立ちになっている男は、臍《へそ》から下しか映っていなかった。けれど、横顔を見せている少女が誰であるのかは、凜にもはっきりとわかった。

硬直した男性器で一際強く喉を突き上げられた瞬間、少女がたまらず男性器を吐き出し、ほっそりとした体をよじって激しく咳《せ》き込んだ。

『もうダメ……もう許して……』

田代千春が頭上を見上げて哀願した。真っ赤になったその目が涙で潤んでいた。

『いいから続けろ』

若い男の声が冷淡に命じた。男は少女の髪を、今もなお抜けるほど強く摑んでいた。

『お願い、りょうちゃん……もう許して……』

男を見上げ、田代千春がさらに哀願した。目の縁から、ついに涙が溢《あふ》れ出した。

『早くしろっ！』

苛立《いらだ》ったように言うと、男が少女の口にてらてらと光る男性器の先端を押しつけた。

『いやっ……いやっ……』

今にも泣き出してしまいそうな顔で、少女はなおも拒み続けた。

次の瞬間、画面に掌《てのひら》が現れ、少女の左の頰をしたたかに張りつけた。

少女が頰を張られた瞬間、凜はなぜか、自分が殴られたような気分になった。ビンタがどれほど痛みと屈辱をもたらすものなのか、凜は昔からよく知っていた。

『さっさとくわえろっ！』

男が極めて横柄な口調で、再び少女に命令を下した。

無力な少女にできたのは、石のように硬直したそれを再び口に含むことだけだった。

8

「なんて馬鹿なことをしてくれたんだ」

教頭が忌々しげな口調で言い、学年主任と凜の顔を交互に見つめた。

「インターネット上にはほかにもたくさんの映像がバラまかれているんですよ」

今度は学年主任の大林が言った。その顔にも苦渋の表情が浮かんでいた。

教頭と学年主任は、これから田代千春の自宅を訪ねることになっているらしかった。

教頭は凜に、その訪問に同行するよう求めた。

凜は即座にその求めに応じた。自分に何ができるのかはわからなかったけれど、凄《すさ》まじい恐怖と不安に打ち震えているに違いない少女の体を、せめて抱き締めてやりたかった。

田代千春の自宅は私鉄沿線の住宅街にあった。裕福な者たちが多く暮らす閑静な高級住宅街で、名の知れた芸能人やプロ野球選手などの家もあった。

田代千春の自宅も周りの家々に劣らない大きな家だった。その家の玄関で凜たちを出迎えたのは少女の父だった。凜が彼と会うのは初めてだった。

「日曜日なのに、わざわざお越しいただいて申し訳ありません」

玄関先にスリッパを揃えながら、少女の父が苦しげに顔を歪めて言った。

少女の父は背が低く、でっぷりと太っていて、頭が完全に禿《は》げ上がっていた。それでも、温厚で真面目で、優しそうな顔をした男だった。これまできっと家族のために、身を粉にして働き続けてきたのだろう。

その実直そうな顔に今、疲れ果てたような表情が浮かんでいた。彼によれば、感情の起伏の激しい妻は、今もひどく取り乱しているということだった。

田代千春の自宅は生活感が感じられないほどきちんと片付いていた。床や窓もピカピカに磨き上げられていた。

広々としたリビングルームに置かれた天然木のテーブルを挟むようにして、三人の教師は田代千春の両親と向き合って座った。

進路相談で会った時と同じように、母親の顔には入念な化粧が施されていた。けれど、きょうの彼女の目は真っ赤で、瞼《まぶた》が腫《は》れ上がっていて、あの時とは別人のようだった。

凜の左手には大きな窓があって、広々とした庭でハクモクレンが咲いているのが見えた。その花のあいだを二羽のヒヨドリが甲高い声で鳴きながら飛び交っていた。よく手入れされた緑の芝生を、春の太陽が強く照らしていた。

「先生、お願いです。わたしたちを助けてください。お願いします。お願いします」

少女の母親が縋るような目で三人の教師を順番に見つめた。その目が見る見る潤み始め、溢れ出た涙が頬を流れ落ちた。

教頭が何か喋《しゃべ》ろうとした。だが、それを遮るようにして、少女の母が言葉を続けた。

「先生、何とかしてください。お願いします。この通りです。お願いします。お願いします。お願いします。お願いします」

少女の母はそう繰り返しながら、何度となく頭を下げた。滴った涙がテーブルにいくつもの染みを作った。

「ママ、やめなさい。先生たちが困っているじゃないか」

うろたえた口調で父親が言い、凜は無言で唇を噛み締めた。

「とにかく、善後策を話し合いましょう」

教頭が口を開いた。「相手の男は、もう逮捕されたんですよね？」

「ええ。そのようです」

少女の父が力なく答えた。

教頭に勧められた彼は、昨夜、ようやく警察に通報したらしかった。そのことによって、コンビニエンスストアのアルバイト店員だという二十歳の犯人はすでに逮捕されたようだった。塩谷凌《しおたにりょう》というその男はきっと、相応の罰を受けることになるのだろう。

だが、犯人が逮捕されたからといって、問題が解決するわけではなかった。最大の問題は、少女の淫らな姿を撮影した映像が、すでにインターネット上に流出してしまっていることと、田代千春を知る多くの人がそれを目にしているらしいということだった。

警察はインターネットに拡散している田代千春の情報を削除するよう、プロバイダやサイトの管理者に求めていた。だが、全身に転移した癌細胞のすべてを叩《たた》くのが難しいように、そのすべてを消し去ることはほとんど不可能のはずだった。

「あの……千春さんはどうしているのでしょう？」

途方に暮れた表情をしている父親に、ためらいがちに凜は尋ねた。今はそれが何よりも気になっていることだった。

「それが、相変わらずで……」

小さな声で父親が答えた。父によれば、少女の食事は母親が自室のドアの前に運んでいるらしかった。だが、少女はその食事にほとんど手をつけず、トイレと入浴のほかは、自分の部屋に閉じこもり、両親が何を話しかけても無言を貫いているのだという。

「千春さんに会えますか？」

父親の顔を見つめ、凜はまた尋ねた。

何か特別な考えがあるわけではなかった。それでも、憔悴《しょうすい》し切っているはずの教え子に、何か言葉をかけてやりたかった。

両親に案内されて、凜は教頭と学年主任の三人で二階にある少女の部屋に向かった。

「加納先生がいらしたわよ。出て来なさい」

ドアの向こうにそう声をかけながら、母親が娘の部屋のドアをノックした。

けれど、室内からの返答はなかった。

「出て来なさい。すぐに出て来なさいっ！　教頭先生や学年主任の先生もいらっしゃってるのよっ！　さっさと出て来なさいっ！　出て来て、先生がたに謝りなさいっ！」

ヒステリックに怒鳴りながら、母親はドアを開けようとした。けれど、内側から鍵《かぎ》が掛けられているようで、ドアを開けることはできなかった。

「開けなさいっ！　ドアを開けるのよっ！　早くっ！　早くっ！」

ドアノブを握り締めて母親が叫んだ。その甲高い声が凜の耳にビンビンと響いた。

「帰ってもらって。誰にも会いたくないの」

ドアの向こうから少女の声がした。

その小さな声を耳にした瞬間、凜は思わず唇を噛《か》み締めた。ドアの向こうから聞こえた声は悲壮感に満ちたものだった。

「お母さん、落ち着いてください。怒鳴ったところで、何も解決しません」

母親を制するようにして教頭が言った。

その瞬間、母親がその場にしゃがみ込み、両手で顔を覆った。そして、痩《や》せこけた体をよじりながら、「あーっ！　あーっ！　ああああああーっ！」という奇声を上げ始めた。

「ママ、立ちなさい。みっともない真似はやめなさいっ！」

今度は父が叫ぶように言った。

だが、床にうずくまった少女の母は、大声で叫び続けるばかりだった。

凜はドアに歩み寄ると、その向こうにいる少女に必死の思いで声をかけた。

「田代さん、わたしよ。加納よ。心配しないで。わたしが守ってあげるからね。だから、心配しないで。大丈夫よ。大丈夫よ」

本当は少女の体を抱き締めたかった。その背をそっと撫《な》でてやりたかった。それができない代わりに、凜は目の前にあるドアを掌《てのひら》で撫で続けた。

9

三人の教師はついさっき帰って行き、家の中は再び重苦しい静寂で満たされた。父と母は家にいるはずなのに、ふたりの声はまったく聞こえなかった。

床に敷かれたカーペットの上にうずくまり、少女は部屋の中をぼんやりと見まわした。学校に行くのをやめてからずっとそうであるように、今もピンクのパジャマ姿だった。

数日前まで少女の顔はひどく腫れていた。口の中も傷だらけだった。それは母に嫌というほどの折檻《せっかん》を受けたからだった。

顔の腫れは今ではほとんどひいていた。口の中の傷もほぼ治っていた。けれど、心の傷は深くなっていくばかりだった。

予想していたことではあったが、やはり母は味方ではなかったのだ。母にとっていちばん大切なのは、自分の体面を保つことなのだ。

何日か前まで、少女は泣いてばかりいた。けれど、今はもう涙は出なかった。悲しみが和らいだのではない。たぶん、涙が涸《か》れ果てたのだ。

自分がどれほど馬鹿なことをしたのか、今では少女も嫌というほど思い知らされていた。もし、できるのだったら、時間を巻き戻し、彼と会う前の自分に戻りたかった。けれど、どうしたって、それは不可能なことだった。

あの朝、いつものように登校した千春は、自分に向けられたいくつもの視線に気づいた。

千春を見つめる生徒たちの目には嫌悪があった。蔑《さげす》みがあった。下世話な好奇心があった。哀れみがあり、同情があった。少なくとも、千春はそう感じた。

生徒たちの中には、あからさまに千春を指差している者もいた。男子生徒の何人かは、下品な笑みを浮かべていた。

その瞬間、頭の中が真っ白になった。

直後に、千春は来たばかりの道を引き返して学校を飛び出した。

知っているんだ。もう、みんなが知っているんだ。

千春の頭の中では、その考えがぐるぐるとまわっていた。

そうなのだ。高校の生徒たちの何人かは、すでに千春の写真や動画を見てしまったのだ。まだ見ていない者たちも、間もなく見ることになるはずなのだ。

その日から千春はこの部屋に閉じこもった。母には「具合が悪い」「吐き気がする」「頭が痛い」などと出任せを言った。

最初の二日はそれで済んだ。けれど、三日目になると、母は千春を無理やり車に乗せ、近くの医院に連れて行った。そして、体にはどこにも異常がないとわかると、ヒステリックに声を荒らげ、学校に行くよう強く迫った。

母は昔からそうなのだ。自分の思うようにならないと、すぐにヒステリーを起こすのだ。

それでも、母に打ち明けたのは、ほかに相談できるような人がいなかったからだ。母だったら、何かいい方策を考えてくれるかもしれないと思ったからだ。

けれど、母がしたことは顔を真っ赤に染め、ヒステリックな叫びを上げながら凄《すさ》まじい暴力を振るうことだけだった。

「ああっ、いやっ……いやっ……いやっ……」

呻《うめ》くように呟《つぶや》くと、少女は自分の髪を両手で掻《か》き毟《むし》った。

これほどの恐怖や絶望を感じたのは、十七年の人生で初めてのことだった。

10

田代千春の自宅をあとにした凜は、教頭と学年主任の三人でいったん学校に戻った。教頭と学年主任はこれから、リベンジポルノ被害の対策に詳しいという弁護士に会いに行くようだった。

「加納先生、きょうはお疲れさまでした。今後のことはわかりませんが、あした職員会議で話し合って、みんなで力を合わせて、何とか問題を解決するようにしましょう」

別れ際に教頭が凜に言った。脂ぎったその顔には疲労の色が浮かんでいた。

凜が学校を出たのは、正午を少しまわった時刻だった。

きょうは本当に天気が良かった。風も穏やかで、辺りには目映《まばゆ》いほどの春の日差しが満ちていた。日曜日だということもあって、道路は比較的空《す》いていた。

自宅に向かう車の中で、凜は新潟に暮らす自分の母を思い出した。きっと、ヒステリックに泣き叫ぶ田代千春の母の姿を目の当たりにしたためだろう。

田代千春の母親と同じように、凜の母も感情の起伏がとても激しい人で、『躾《しつけ》』という名の下にしばしば暴力を振るったものだった。

田代千春の母は痩せこけた人で、力は強くなさそうだった。だが、凜の母は大柄で、でっぷりと太っていて、とても腕力のある女だった。

あれは凜が高校に通い始める直前、春休みのことだったと記憶している。

何がきっかけだったのかは覚えていないが、その日、母が凜の前で、近所に暮らしている凜の幼馴染《おさなな》み《じ》の母親を口汚い言葉で罵《のの》り《し》始めた。

幼馴染みの名は時田《ときた》早苗《さなえ》といった。凜の母と同い年だという早苗の母親は、とても綺《き》麗《れい》で、すらりとした容姿の女の人だった。

早苗の母の整った顔には、いつも入念な化粧が施されていて、栗色に染めた長い髪は先端部分がクルクルと柔らかくカールしていた。外出する時の彼女は、それがたとえ近所への買い物だったとしても、ハイヒールのパンプスやサンダルを履き、香水の素敵な香りを漂わせていた。その姿は本当に若々しくて、早苗の姉と言ってもいいほどだった。

早苗の母は凜が娘の部屋に遊びに行くたびに、「いらっしゃい、凜ちゃん」と笑顔で出迎え、早苗の部屋までケーキや紅茶を運んでくれた。

その人の耳元では、いつも大きなピアスが揺れていた。首ではエメラルドやルビーやダイヤモンドのネックレスが光っていた。爪にはいつもエナメルが塗り重ねられていた。

けれど、凛の母には早苗の母のすべてが気に入らないようで、凛が時田早苗の家に行くことも面白く思っていなかった。

自分は決して化粧をしない凛の母は、昔から自分を美しく見せようとしている女たちが大嫌いだった。

そう。自分が持っていないものを持っている女たちが、凛の母には憎らしくてしかたがないのだ。だから、彼女たちのことを、『男に媚《こ》びている』『女の地位を貶《おとし》めている』と決めつけようとしているのだ。

「お母さんはああいう女が大嫌いなんだよ。盛りのついた雌猫みたいに、女の色気を剝《む》き出しにしやがって。男に媚びるああいう女がいるから、いつまで経っても女性の地位が向上しないんだ」

あの日、母はひどく苛立《いらだ》った口調でそんなセリフを口にした。

ふだんの凛だったら、何も言わずに無視しただろう。いくら母と話し合ってもわかり合えないことは、とうの昔にわかっていた。

けれど、あの日の凛は母の言葉になぜか苛立ちを覚えた。そして、言ってはならないことを口にしてしまった。

「そうかしら？　わたしはお母さんみたいに汚らしくて下品な女の人になるより、早苗のママみたいに綺麗で上品な人になりたいわ」

言った瞬間に、『しまった』と思った。けれど、口から出た言葉は取り戻せなかった。

次の瞬間、たっぷりと肉のついた母の顔が怒りに歪《ゆが》んだ。

「おいっ、凛っ！　お前、自分の言ってることがわかってんのかっ！」

汗ばんだ顔を真っ赤に染めて母が怒鳴った。口から飛んだ唾液《だえき》が凛の顔に吹きかかった。「あたしのどこが汚いんだよっ！　あたしのどこが下品なんだよっ！　言えよっ！　言ってみろっ！」

外では決してそんな言葉は使わないのに、凛に対してだけは、母はいつも汚い言葉を投げつけた。

とっさに凛は謝ろうと思った。だが、その前に飛んで来た母の右手が、凛の左の耳と頬をまともに捉《とら》えた。

凛は慌てて逃げようとした。けれど、それもできなかった。直後に母が凛の髪を鷲摑《わしづか》みにしたのだ。

髪を左手でがっちりと摑んだ母は、右手を振り上げ、娘の左右の頬に立て続けにビンタを食らわせた。まったく手加減のない、力任せの往復ビンタだった。

そのことによって、凛の口には血が溢《あふ》れた。左右の耳はまったく聞こえなくなり、意識が何度も遠のきかけた。

多くの時、母の折檻《せっかん》はその往復ビンタだけで終わる。けれど、あの日はそうではなかった。おそらく、あの日の凛の言葉が母の逆鱗《げきりん》に触れてしまったのだろう。

あの日、母は意識を失いかけている娘を、畳の上に力ずくで押し倒した。そして、自分は娘の腹部に馬乗りになり、娘の髪を両手で鷲摑みにして、その後頭部を畳に何度も打ちつけたのだ。

ようやくその折檻が済んだ時には、凜はぼろ雑巾《ぞうきん》のようになっていた。

そんな娘を母はとても嬉《うれ》しそうな顔をして見下ろしていた。

「親に楯《たて》突くとどうなるか、思い知ったか？」

凜はほとんど意識を失いながら、勝ち誇ったかのような母の言葉を聞いた。

あれからちょうど十二年がすぎた今、自宅に向かって車を走らせながら、凜はそんなことを思い出していた。

11

その日曜日の晩、夕食を済ませた凜は、書斎として使っている洋間でパソコンに向かっていた。今夜のうちに済ませてしまわなければならない事務仕事があったのだ。ゲンジと名付けられた黒猫は、いつものように、凜の足を枕にして眠っていた。

パソコンに向かっているあいだも、凜は断続的に田代千春のことを考えていた。あしたかあさって、もう一度、彼女の自宅を今度はひとりで訪ねようとも思っていた。

田代千春が男である教頭や学年主任に、顔を合わせたくないと思うのは当然のことだった。けれど、凜ひとりだったら、部屋から出て来てくれるのではないかと思った。

事務仕事を終えたのは、間もなく午後十一時になろうかという時刻だった。

パソコンを閉じる前に、凜はもう一度、メールチェックをした。弁護士に相談に行った教頭や学年主任から、何か連絡が来ているのではないかと思ったのだ。

だが、彼らからのメールは来ておらず、代わりに『鈴木《すずき》です。こんばんは』という文面のメールが届いていた。

凜は首を傾げた。同じ高校に勤務する教師には鈴木という姓の持ち主が三人もいたし、凜が国語を教えている生徒たちにも鈴木姓は何人かいた。鈴木彩乃《あやの》という大学時代の友人もいた。

ファイルが添付されたそのメールを凜は何気なく開いた。

その瞬間、全身の細胞が凍りついた。

驚いたことに、そのメールにはエロティックな下着を身につけた凜の写真が、何枚も添付されていたのだ。

濃い化粧を施し、エロティックな下着姿で体をくねらせている凜……カメラに尻《しり》を向けて床に四つん這《ば》いになり、細い首をよじって背後を振り返っている凜……ブラジャーを外し、乳房を両手で押さえている凜……誘うような笑みを浮かべている凜……挑むような顔をしている凜……下着の上から胸や股間《こかん》をまさぐり、快楽に顔を歪めている凜……それらの写真はすべて、凜がこの部屋で撮影したものだった。

「嘘でしょ？　どうして？　いったい、どうやって？」

凛は声に出して呟《つぶや》いた。今にも叫び声を上げてしまいそうだった。

凛のパソコンの中にしかないはずの写真の数々が、いつの間にか、何者かの手に渡っている。どこの誰とも知れない何者かが、誰にも絶対に見られたくなかったそれらの写真を目にしている。

パニックに陥るなと言うほうが無理だった。

『加納先生、こんばんは。

わたしは鈴木と申します。初めまして。唐突にこんなメールを送りつけて申し訳ありません。

わたしは加納先生の熱狂的なファンです。これから、加納先生と長い付き合いをさせていただきたいと思っています。どうぞ、よろしくお願いいたします』

そのメールにはそんな言葉が書かれていた。

「どうして、こんなことができるの……どうして……いったい、どうして……」

凛はなおも呟いた。気がつくと、全身がガタガタと震えていた。

随分と長いあいだ、凛はパソコンの画面を見つめていた。断続的に胃がヒクヒクと痙《けい》攣《れん》し、今にも嘔吐《おうと》してしまいそうだった。

「何とかしなきゃ……何とかしなきゃ」

凛はまた口に出して呟いた。そして、激しく指を震わせながらも、このメールを送って来た人物に返信のメールを打った。

『あなたは誰なの？　写真をどうやって手に入れたの？　これをどうするつもりなの？』

指が激しく震えているせいで、何度もキーボードを打ち間違えた。

ようやく打ち終えた文章を送信すると、返信を待ってパソコンの画面を見つめた。

この男の目的は何なんだろう？　わたしも田代さんのようになってしまうのだろうか？

そう思った瞬間、胃が一段と強い痙攣を起こし、強烈な吐き気が食道を一直線に駆け上がって来た。

凜は慌てて立ち上がり、トイレへと駆け込んだ。そして、そこにうずくまり、ひんやりとした白い便器を抱きかかえて嘔吐した。

胃の中のものをすべて吐き出したあとで、凜はようやく便器から顔を上げ、涙の滲《にじ》んだ目でトイレの壁を見つめた。

あんな写真を撮っていたことを、凜は激しく悔いていた。けれど、今となってはどうすることもできなかった。

第二章

1

月曜日は朝から晴れ上がり、日々、強くなり続ける春の日差しが地上に暖かく降り注いでいた。校庭の桜の蕾《つぼみ》も、日ごとにその膨らみを増しているように見えた。

月曜日の朝はいつも授業の前に職員会議が開かれる。その会議で教職員に、教頭の口から田代千春の件が伝えられた。

教職員の多くは何も知らなかったようで、ひどく驚いた顔をしていた。苦々しい顔をしている者もいた。

けれど、凜の耳には教頭の言葉はほとんど入って来なかった。自分の淫《みだ》らな写真が何者かに盗み出されたことで頭がいっぱいだったのだ。

昨夜、凜は【鈴木】と名乗った人物からの返信を待ち続けた。けれど、いくら待っても彼からのメールは来なかった。

苛立《いらだ》った凜は、さらに何通かのメールを送信した。だが、やはり【鈴木】からの返信はなかった。

何が目的なのだろう？　わたしはこれからどうなってしまうのだろう？

不安と恐怖に押し潰《つぶ》され、昨夜の凜はほとんど一睡もできなかった。

もし、自撮りした写真を教職員や生徒たち、生徒の保護者たちが目にしたら、凜が懸命に積み上げて来たキャリアは、それで終わりになるに違いなかった。

朝になっても、【鈴木】からの連絡はなかった。凜はいても立ってもいられない気持ちで、今朝は食事も喉《のど》を通らなかった。

職員会議は二十分ほどで終わった。凜は茫然《ぼうぜん》としながらも職員室を出ると、自分が担任をしている二年四組の教室に向かった。月曜日の朝はどのクラスでも授業の前にクラスミーティングがあったのだ。

強い不安を抱えたまま朝日の差し込む廊下を歩き始めた凜を、男の声が「加納先生」と言って呼び止めた。数学の教師の石黒達也だった。

凜は強《こわ》ばった笑みを浮かべ、石黒の毛穴の開いた赤ら顔を見つめた。

「加納先生、顔色が悪いですよ。職員会議の時にも心ここにあらずという様子だったし……心配事でもあるんですか？」

凜に並びかけて歩きながら、石黒が訊《き》いた。でっぷりと太った彼の体からは、きょうも顔を背けたくなるほど強い体臭が立ち上っていた。

「あの……田代さんがかわいそうで……」

頭の中は自分のことでいっぱいだったが、とっさに凜はそう答えた。

「かわいそう？　僕はそうは思いません」

脂ぎった顔に薄ら笑いを浮かべて石黒が言った。

「どういうことですか？」

凜が立ち止まり、石黒もまた足を止めた。

「ここだけの話ですが、こうなったのは誰のせいでもありません。すべては田代の責任です。自業自得です」

吐き捨てるかのように石黒達也が言った。

「そんな突き放すようなことが、よく言えますね。田代さんはまだ子供ですよ。ちょっとした間違いがあっただけです」

強い口調で凜は抗議した。田代千春のことは、もはや他人事《ひとごと》ではなかった。

「子供じゃありません。次の誕生日が来れば十八歳で、選挙権も手にするんですよ。そんな年になって、よくあんな馬鹿なことをしたものです」

苛立ったように石黒達也が言った。その顔がさらに憎々しげに歪《ゆが》んでいた。

凜は反論をしようとした。けれど、そうはせずに、再び廊下を歩き始めた。石黒のような男といくら言い争っても、時間の無駄だということはよくわかっていた。

こみ上げる不安を抑えながら、凜は朝のクラスミーティングを何とか無事に済ますことができた。ミーティングが終わり、教室から出て行こうとした凜を広瀬尚美が呼び止めた。彼女は田代千春のいちばんの友人だった。

「千春がどうして休んでいるか、先生は知っているんでしょう？」

凜を見上げるようにして広瀬尚美が訊いた。

「広瀬さんは、あの……田代さんのこと、何か知っているの？」

さりげない口調で凜が尋ね、広瀬尚美が困ったような顔をして頷《うなず》いた。

「何を知っているの？」

広瀬尚美の耳元に口を寄せるようにして、凜は声を潜めて訊いた。

「だから、インターネットに千春の……あの……何ていうか……いろいろな写真や動画がバラまかれているから……あの……そのことです」

広瀬尚美もまた小声で、言葉を選ぶようにして答えた。

「そのことは、ほかのみんなも知っているのかしら？」

凜が顔を上げると、教室にいるほぼ全員が興味深そうにこちらを見つめていた。

「たぶん……知っていると思います。先生、千春を助けてあげてください」

縋《すが》るように広瀬尚美が言った。

広瀬尚美を見つめ返し、凜は何度か頷いた。けれど、どうすれば少女に救いの手を伸べられるのか、まったくわからなかった。

きょうは授業に集中できなかった。つまらないミスもたくさんした。授業中にもパニックが何度となく襲いかかって来て、そのたびに凜は話を中断し、黒板を見つめて深呼吸を繰り返した。

田代千春がリベンジポルノの被害者となっていると聞いた時、凜はひどく気に病んだ。それでも、あの時には、それはまだ他人事だった。

だが、今はそうではなかった。

わたしの映像を生徒たちの誰かに見られたら……その保護者たちが目にしたら……ほかの教職員に見られたら……。

そうなった時のことを想像すると、頭がおかしくなってしまいそうだった。

2

昼食はとらなかった。不安と恐怖に支配されていたせいで、食欲はまったくなかった。

午後の授業を何とか終えると、凜は予定通り、ひとりきりで田代千春の自宅に向かった。教頭や学年主任には相談しなかった。すれば止められるような気がしたのだ。

車は最寄り駅前にあったコインパーキングに停めた。そこから女子生徒の自宅までは歩いて五分ほどだった。

私鉄沿線に造成されたその住宅街にはマンションがひとつもなく、商店街のようなものもなかった。そういうこともあって、辺りは本当に静かだった。

すでに午後五時をまわっていた。けれど、日が延びたせいで、春の空はまだ充分に明るかった。

凜は白いブラウスの上に、ふわりとしたグレイのセーターを着ているだけで、コートもジャケットも羽織っていなかった。だが、南からの暖かな風が流れ込んでいるようで、この時刻になっても寒さはまったく感じられなかった。

田代千春の自宅に着くと、立派な門柱に掲げられた表札を凜は無言で見上げた。

会ってくれるかな？　それとも、わたしにも会いたくないのかな？

やがて、凜は意を決して、門柱に取りつけられたインターフォンのボタンを押した。

最初は応答がなかった。たぶん、家にいるのは千春だけで、母親は出かけているのだろう。彼女の母は近所の歯科医院で、事務仕事をしていると聞いていた。

田代さん、出て。お願い。出て。

祈るような気持ちで、凜はもう一度、インターフォンを鳴らした。そのインターフォンにはカメラが取りつけられていたから、もし、千春がモニターを見ていれば、きょうは凜がひとりで来たということがわかるはずだった。

しばらく待ったが、やはりインターフォンは沈黙したままだった。

やっぱりダメか。

そう思った凛が踵《きびす》を返しかけた時、今にも消え入りそうな小さな声が聞こえた。

『加納先生……』

それはまさに田代千春の声だった。

「ええ。わたしよ。加納よ。田代さんに会いに来たの。話がしたいの」

インターフォンのレンズを見つめ、できるだけ穏やかな口調で凛は答えた。

『先生、ひとりですか？』

「ええ。わたしひとりよ」

『そうですか……だったら、門を開けて入って来てください』

田代千春が小声で言い、凛は立派な鉄製の門を押し開けて、ハクモクレンの咲く広々としたその家の敷地に足を踏み入れた。


玄関のドアはマホガニー製の立派なものだった。重たそうなそのドアを、田代千春が開けてくれた。少女はピンク色をした厚手のパジャマ姿で、その上に白とピンクのガウンを羽織っていた。

「田代さん……心配していたのよ。すごく、すごく心配していたのよ」

ドアを後ろ手に閉めると、凛は目の前に立ち尽くしている少女にそう声をかけた。

久しぶりに見る少女は、憔悴《しょうすい》し切ったような表情をしていた。頬がひどく落ち窪《くぼ》み、目が充血していて、凜がよく知っている無邪気な少女とは別人のようだった。

「先生……本当に心配をしてくれていたんですか？」

疑わしげな顔をして少女が言った。

「本当よ。本当に、すごく心配だった」

凜はそっと微笑んだ。

もしかしたら、田代千春は自分にも素っ気ない態度を取るのではないか。

凜はそんなふうに想像していた。もし、凜が彼女だったら、恥ずかしくて、誰とも顔を合わせたくないと考えるはずだった。

だが、次の瞬間、少女の口から「先生、助けて……」という、呻《うめ》くような呟《つぶや》きが漏れた。そして、少女は凜に抱きつき、その肩に擦《こす》りつけるかのように顔を埋《うず》めた。

少女は泣いているようだった。凜はその骨張った肩に、セーターとブラウスを通した少女の温かな息をはっきりと感じた。


その夕方、少女と凜はその家のリビングルームで、大きな天然木のテーブルに向き合って腰を下ろした。

「先生も、あの……わたしの写真や動画を見たんでしょう？」

凜の顔ではなく、テーブルの木目を見つめ、今にも消え入りそうな声で少女が訊《き》いた。

「ええ。あの……ほんの少しだけ」

顔を俯《うつむ》けている少女の前髪を見つめ、遠慮がちに凜は答えた。

「どんなやつ？」

「田代さんの……あの……下着の写真よ」

「それだけ？」

「ええ。わたしが見たのはそれだけよ」

凜は微笑んだ。彼女がオーラルセックスをしている映像を見たとは、とてもではないが言えなかった。

静かだった。この家の防音性が高いのだろうか？　それとも、この住宅街がそれほど静かなのだろうか？　物音はほとんど何も聞こえなかった。

「先生……わたしのことを、軽蔑《けいべつ》していますよね？」

小声でそう言うと、少女は充血した目で凜を見つめた。

「していないわ。軽蔑なんてしていない」

左右に首を振りながら凜は答えた。

「嘘をつかないで。先生はわたしを、ふしだらだと思ってるんでしょう？」

凜の目を覗《のぞ》き込むかのように見つめて、少女がさらに訊いた。

「思っていないわ。そんなこと、絶対に思っていない」

「本当？　本当にわたしを軽蔑していないの？」

少女が凜の顔をさらにまじまじと見つめた。充血した目が涙で潤んでいた。

「ええ。本当よ。田代さんは悪くない。悪いのはその男よ。田代さんは悪いやつに騙《だま》されただけ。同情されることがあっても、蔑《さげす》まれる筋合いはないはずよ」

凜はテーブルの下に手を伸ばし、少女の膝《ひざ》の上に置かれていた手を握り締めた。

少女の手は冷たかった。まるで長いあいだ氷水に浸けていたかのようだった。

室内は徐々に暗くなっていった。けれど、少女は明かりを灯《とも》そうとはしなかった。

「わたし、彼を信頼していたの。それなのに、あんなひどいことをするなんて……」

凜は思わず立ち上がって少女に歩み寄り、ガウンに包まれた痩《や》せた体を両手でしっかりと抱き締めた。

「もっと早く相談してくれればよかったのに」

その言葉に少女が小さく頷《うなず》いた。

しばらくのあいだ、凜は無言で少女を抱き締めていた。それから、少女の髪をそっと撫《な》で、今度は少女の向かいではなく、すぐ隣の椅子に腰を下ろした。

「先生……わたし、もう学校には行けない……もうどこにも行けない……」

唇を震わせて少女が言った。その目が見る見る涙で潤んでいった。

「大丈夫よ。わたしが守ってあげる。きっと守ってあげる」

少女の顔を見つめて凜は言った。

ふと思った。泣き濡《ぬ》れている少女は、あしたのわたしの姿なのかもしれない、と。

3

千春のクラス担任は、すらりと背の高い美しい女性だった。だが、その美しさを隠そうとでもするかのように、彼女はいつも控えめな格好をしていた。

加納凜がクラス担任になると知った時、千春はときめきのようなものを覚えた。同じ敷地内にある中学校に通っていた頃から、彼女を素敵な人だと思っていたのだ。加納凜は主に高校で教えていたが、隣接している中学校で授業をすることもあった。

実際にクラス担任として接していくうちに、千春はますます彼女が好きになった。

加納凜はいつも一生懸命に授業をしていた。自分の知識を何とか正確に伝えようという彼女の気持ちが、いつもはっきりと伝わって来た。彼女は真面目で、誠実で、毅然《きぜん》としていたが、『厳しい』とか『怖い』という感じはなく、優しくて親しみやすい教師だった。

彼女がインターフォンを鳴らした時、千春はかなり迷った。

誰にも顔を見られたくないという気持ちに変わりはなかった。けれど、誰かに会いたいという気持ちもあった。そして、もし会うのだったら、加納凜のほかにはいなかった。

明かりを灯さない室内は、すでに本が読めないほどの暗さになっていた。けれど、千春は明かりを点《つ》けようとは思わなかった。今の自分がどれほどひどい顔をしているかは、よく知っていた。そのひどい顔を、美しい女性教師に見られたくなかった。学校から逃げ帰って来たあの日からずっと、この世に自分の味方は誰もいないのだと感じて来た。けれど、彼女に抱き締められた瞬間、体の強《こわ》ばりがすーっと解けていくような気がした。

彼女は千春の下着姿の写真しか見ていないと言った。きっとそれは嘘なのだろう。だが、その気遣いが嬉《うれ》しかった。

そして、千春はぽつりぽつりと話し始めた。これまで誰にも言わなかったけれど、彼女にだったら聞いてもらいたかった。

塩谷凌とインターネットの交流サイトで知り合ったのは、今から三ヵ月ほど前、秋が終わり、冬が始まろうとしていた頃のことだった。一月の誕生日を迎える前だった千春は、あの時、まだ十六歳だった。

塩谷凌は二十歳で、都内の有名私立大学の二年生だということだった。佐賀県の出身で、彼の父は地元で数十軒のコンビニエンスストアを経営しているようだった。彼は今、大学に通う傍ら、コンビニエンスストアでアルバイトをしていた。だが、それはお金のためではなく、将来、父が経営する会社を手伝うための修業のようなものだという話だった。

最初はメールのやり取りだった。異性とそんなやり取りをしたのは初めてだったけれど、それはとても刺激的で、彼からのメールが届くたびに千春は胸の高鳴りを覚えた。

やり取りを始めてすぐに、彼が千春の顔を見たいと言い出した。

『チハ、顔写真を送ってよ』

千春は彼に、友人たちと同じように『チハ』と呼んでもらっていた。

写真を送ることにはためらいがあった。祖父母と父以外に容姿を褒めてくれた人はいなかったから。それでも、千春は自室で時間をかけて、自分の顔写真を何枚も撮影し、その中でいちばん可愛く撮れていると思った写真を彼に送った。

彼ががっかりするかもしれないと思った。失望のあまり、千春とのやり取りをやめるかもしれないとも思った。

だが、驚いたことに、千春の写真を見た彼は『チハって、すごく可愛いんだね』と褒めてくれた。

お礼にと言って、彼も自分の写真を送信してくれた。その写真を見た瞬間、千春は電気に打たれたかのようなショックを受けた。切れ長で、涼しげな目をした彼が、ゾクゾクするほどかっこよかったからだ。

それからの千春は心を弾ませながら、一日に何十回も彼とやり取りをした。そして、次々と自分の写真を撮り、それを次々と彼に送った。

写真を受け取るたびに、彼は『チハは、本当に可愛いね』『あどけないのに、大人っぽいところもあって、ドキドキするよ』などと伝えてくれた。

　やがて、彼が千春の下着姿を見てみたいと言い出した。彼とのやり取りを始めて、一週間ほどがすぎた頃のことだった。

　千春は戸惑った。下着姿を異性に見せるなんて、それまでには考えてみたこともなかった。それでも、彼を喜ばせたい、気を悪くさせたくないという思いから、千春は心を決めた。そして、ブラジャーとショーツを身につけただけの姿を何枚か撮影し、その中の一枚を彼に送った。

　彼の反応は千春を有頂天にさせた。彼が『すごいよ。チハって、抜群のスタイルだね』『ほっそりとしていてモデルみたいだ』と褒めてくれたからだ。

　嬉しかった。嬉しくて、嬉しくて、たまらなかった。

「あの時の自分がどんなに馬鹿だったか、今ははっきりとわかっています」

　すぐ脇に座った女性教師に千春は言った。いつの間にか、頬には涙が伝っていた。

　こんなことを話すのは、愚かな自分をさらけ出すようで恥ずかしいという気持ちもあった。それでも、女性教師の目を見つめて話しているうちに、胸の中のわだかまりが、少しずつ溶けていくような気がした。

　女性教師は何も言わなかった。けれど、彼女の目にあるのが軽蔑ではなく、哀れみだということははっきりと感じられた。

　真っ暗になったリビングルームで、千春はさらに言葉を続けようとした。もっと聞いてもらいたかったのだ。だが、それはできなかった。玄関のドアが開く音がしたのだ。

「あっ、ママが帰って来た。先生、ごめんね。わたし、自分の部屋に戻るね」

そう言うと、千春は慌てて立ち上がった。そして、そのままリビングルームを飛び出し、急な階段を大急ぎで駆け上がった。

4

少女の家を出た時には空には星が瞬いていた。いつの間にか、風の向きが南から北へと変わったようだった。上着のない凜は吹き抜ける風の冷たさに身を震わせた。

ラッシュアワーに引っかかってしまったということもあって、自宅へと戻る道路はひどく渋滞していた。のろのろとしか進まない車の中で、凜は学生時代に恋人として付き合っていた同い年の男のことを考えた。

『彼に気に入られたかった』

ついさっき、少女は凜にそう打ち明けた。その言葉が、めったに思い出すことのない彼のことを、今また凜に思い出させた。

彼の名は脇本優也《わきもとゆうや》といった。彼も国文科の学生で、凜とは同じクラスだった。

脇本優也は明るくて剽軽《ひょうきん》で、とてもお茶目な男だった。ハンサムではなかったけれど、背が高くて、華奢《きゃしゃ》な体つきをしていた。入学してすぐにあったクラスコンパで彼は、自分の趣味はふざけることで、将来の夢は小説家になることだと言っていた。

無口でおとなしかった凜は、脇本優也とは離れたところに座っていたけれど、さわがしい彼の声は絶えず耳に入って来た。

クラスコンパも終わりに近づいた時、その彼が凜のすぐ隣にやって来た。そして、人なつこそうな笑みを浮かべながら、凜に携帯電話の番号を教えてほしいと言った。

凜はためらった。それでも、無邪気そうな笑顔を見せている彼に断るのも悪いような気がして、その場で携帯電話の番号を彼に教えた。

脇本優也の電話攻勢が始まったのは、その翌日からだった。

一日に何度も彼は凜の携帯電話を鳴らした。そして、電話に出た凜にダジャレや冗談や、どうでもいいような馬鹿馬鹿しいことを延々と話した。

最初の頃、凜はその電話を鬱陶《うっとう》しいと思った。だから、電話が鳴っても出ないこともあった。けれど、時間が経つうちに、明るくて元気な彼と話しているのを、楽しいと感じるようになっていった。

彼は凜を頻繁に大学の近くのカフェやファストフード店に呼び出した。そして、そこでもダジャレや冗談や、どうでもいいような馬鹿馬鹿しいことを延々と話した。彼は凜のことを勝手に呼び捨てにしていた。

高校生だった頃の凜は、真面目な男に心を惹《ひ》かれたものだった。軽い男は好きではなかったのだ。恋人でもない男に、名前を呼び捨てにされるのも気に入らなかった。

脇本優也はお洒落《しゃれ》に関心があったようで、ヘアスタイルや着るものにかなり気を遣っていた。あの頃の彼はストリートファッションが大好きで、たいていは帽子を被《かぶ》り、だらしなくズボンを下げて穿《は》いていた。首にはペンダントをぶら下げ、左右の耳たぶではピアスを光らせていた。

そのファッションも凜には気に入らなかった。凜は男がお洒落をしたり、アクセサリーを身につけたりするのが好きではなかったのだ。

それでも、彼と向き合っているときの凜はいつも笑っていた。そんなに笑うのは、生まれて初めてのことだった。

脇本優也は聞き上手な男でもあり、凜について様々な質問をした。そういうこともあって、凜は彼に、それまでは誰にも言ったことのなかったいろいろなことを話した。

やがて彼が凜に、「俺と付き合ってくれないか」と言って来た。入学して二ヵ月ほどがすぎた日のことで、あの日のふたりは大学のすぐそばにあった牛丼店のテーブルに向き合って食事をしていた。

「いいよ」

あの日、凜は即座にそう返事をした。彼が間もなく、交際を求めて来るだろうことは予想していて、その時のことは少し前から考えてあったのだ。

「本当にいいのか？　俺と付き合ってくれるのか？」

「うん。いいよ」

凜がそう答えると、人なつこそうな彼の顔に、弾《はじ》けるような笑みが浮かんだ。

可愛らしいその笑顔を目にした瞬間、凜は母性本能をくすぐられたような気がした。自分の中の母性本能を感じたのは、あれが初めてだった。

交際を始めてすぐに、凜が都内に借りていたマンションの一室で体の関係を持った。ためらいがないわけではなかった。それでも、彼にだったら体を許してもいいと思ったのだ。

脇本優也は武蔵野《むさしの》市内にある実家から大学に通っていたが、すぐに凜の部屋に入り浸りになった。

彼は毎日のように凜の体を求めた。

「凜、好きだよ。大好きだ」「凜の恋人になれたなんて、夢を見ているみたいだ」

一日に何度も、彼はそんな言葉を口にした。

親に褒められることなく育った凜には、それが素直に嬉《うれ》しかった。


あの頃の凜は化粧をいっさいしていなかった。大学にはいつも、ジーパンとTシャツにスニーカーという格好で通っていた。

だが、恋人として付き合い始めて間もなく、脇本優也は凜の装いについてあれこれと指示するようになった。彼は化粧の濃い派手な女が好きなようで、凜をそういう女に改造しようとしたのだ。

彼の言いなりになることに、凜は少なからぬ抵抗を感じた。自分のことをフェミニストだとは思わなかったが、いつしか凜も母の影響を受けていたのかもしれなかった。

それでも、逆らうことはしなかった。それはたぶん、求められて裸の写真を送った田代千春と同じ気持ちからだった。

そう。凜もまた、好きな男を喜ばせたいと思ったのだ。

母に対する対抗心のようなものも、凜の心のどこかにあったのかもしれない。脇本優也の好みの女たちは、凜の母が毛嫌いしている女たちだったからだ。

彼に求められるがまま、凜は伸ばした髪の先を柔らかくカールさせ、素顔がわからなくなるほど濃密な化粧を施した。そして、ミニ丈のスカートやワンピースを身につけ、踵《かかと》の高いパンプスやサンダルやブーツを履き、全身にたくさんのアクセサリーを光らせた。手足の爪には派手なエナメルを塗り重ねたし、下着も彼の好みのエロティックなものばかりを身につけた。彼の好みの甘い香りの香水も使った。

そういう格好をして街を歩くと、凜はこれまで以上にたくさんの視線を感じた。

視線を浴びることに、最初の頃には戸惑いがあった。けれど、すぐに凜はそれに慣れ、やがては見られることに快楽さえ感じるようになった。

自分の恋人が見られていることが、脇本優也にとっては自慢でたまらないようだった。

彼は恋人を見せびらかすために、凜をいろいろなところに連れて行った。

女は男のお飾りじゃないのよ。

そんな気持ちもあった。けれど、凜はそれを口にしなかった。

あの頃の凜は、男に自分の写真を送り続けていた時の田代千春と同じだったのだ。


大学生の頃の凜は、春休みと夏休み、それに年末年始には新潟に帰省した。そういう時には母の目を気にして、わざわざ野暮ったい下着を身につけ、地味で飾り気のない服を着た。もちろん、化粧はしなかったし、アクセサリーもつけなかった。

だが、母の目をごまかすことはできなかった。

大学に入学して初めての夏休み、凜が帰省したその日の晩に、母が凜の部屋にやって来て、憎々しげな口調で言った。

「凜、あんた、女になっただろう?」

ベッドに入っていた凜の脇に仁王立ちになって、母は敵意や憎悪を剝《む》き出しにした目で凜を見つめた。

「何のこと?」

あの晩、精一杯のさりげなさを装って凜は訊《き》いた。

「しらばっくれてもダメだよ。わたしにはみんなお見通しなんだ」

肉に埋まった小さな目を吊《つ》り上げ、鬼のような形相で母が凜を見下ろした。

「どうしたの、お母さん？　何を言ってるの？」

凜は笑ったが、母は笑わなかった。

「もう子供じゃないんだから、何をやってもお前の勝手だけど、わたしやお父さんの顔に泥を塗るようなことだけはするんじゃないよ。いいね。わかったね？」

吐き捨てるかのようにそう言うと、母はもう一度凜を睨《にら》みつけた。そして、凜の言葉も待たずに部屋を出て、家中に響き渡るような音を立ててドアを閉めた。

凜はゾッとしたが、快感も覚えていた。母に復讐《ふくしゅう》を果たしたような気がしたのだ。


脇本優也好みの女になることには耐えられた。けれど、耐えられないこともあった。

それは彼がひどく束縛したことだった。

彼は恐ろしく独占欲の強い男で、凜の行動のすべてを管理しようとした。自分の目の届かないところに凜が行くことを嫌がり、凜が女友達と会うことさえ禁止しようとした。

彼は日が経つにつれて横暴になっていった。やがては凜に対して王様か絶対君主のように振る舞い、凜を自分に服従させようとするようになった。

彼が自分を心から愛していることは凜にもわかっていた。けれど、これほどまで支配され、束縛され、管理されることには耐えられなかった。

付き合い始めてから一年半ほどで、凜は彼と別れることを決意した。

別れを切り出した凜に、彼は泣きながら謝罪した。けれど、凜の心は戻らなかった。ふたりがうまくいかなくなったのは、わたしにも原因があったのかもしれない。今、凜はそんなふうに思っている。

好きだったから、凜は彼の言いなりになり、彼の命令に素直に従い続けた。だが、そのことが彼をつけ上がらせ、暴君へと変えてしまったのかもしれなかった。

少し前にあった大学の同窓会で、凜は脇本優也と再会した。彼は小説家になるという夢を諦《あきら》め、大手文具メーカーの営業部で働いているようだった。

その席で彼が、「凜、あの時は本当にすまなかった」と言って頭を下げた。

「気にしていないわ。昔のことじゃない」

あの日、凜はそう言って笑った。そして、彼が好きだった頃のことを、切ないような胸の痛みとともに思い出した。

二十七歳になった彼は随分と変わっていて、ごく普通のサラリーマンのように見えた。

5

自宅に戻るとすぐに、凜はパソコンを立ち上げた。

【鈴木】からのメールがまた届いていた。それを目にした瞬間、凜はまたしてもパニックに陥りかけた。

『こんばんは、加納先生。鈴木です。

昨夜はいきなりあんな不躾《ぶしつけ》なメールを送りつけてしまい、大変失礼いたしました。さぞ驚かれたことでしょう。心からお詫《わ》び申し上げます』

そのメールはそんなふうに始まっていた。

息苦しいほどの恐怖に駆られながらも、凜は唇を嚙《か》み締めてパソコンの画面に並んだ文字の羅列を見つめた。

『どうやって写真を盗み出したのだろうと先生は思っていらっしゃいますよね？　その方法を説明してもいいのですが、文系の先生には理解できないと思います。ですから、説明はいたしません。特殊な方法を使えば可能なのだ、ということだけご理解いただければと思います。

加納先生のパソコンに進入して写真を盗み出した時に、わたしはほかにもいくつかのものを盗み出しました。その中に、アドレス帳がありました。学校の教職員や生徒やその保護者たち、それから、先生のご両親や親戚《しんせき》たちの氏名や住所や電話番号、それにメールアドレスが記載されたアドレス帳です。

ですから、わたしがその気になれば、その人たちにいつでも……今すぐにでも、加納先生のエロティックな写真をバラまくことができるんです』

「ああっ、そんな……そんな……」

文字の羅列を目で追いながら、思わず凜は呻《うめ》くように呟《つぶや》いた。

それはもっとも恐れていたことだった。田代千春に起きたことが、今まさに、自分にも降り掛かって来たのだ。

『大丈夫ですよ、加納先生。そんなに怖がることはありません』

まるで凛の心を見透かしたかのように、【鈴木】はそんなふうに文章を続けていた。

掌《てのひら》に脂汗を滲《にじ》ませながら、凛はその文字を追い続けた。

『昨夜も書いたように、わたしは加納先生の熱狂的なファンです。先生を破滅させたいだなんて、これっぽっちも思っていません。だから、怖がらないでください。

わたしの望みはただひとつ、加納先生をもっと見たいだけです。

どうですか、先生？　わたしだけのために、写真を撮ってくださいませんか？

先生が求めに応じてくだされば、盗まれた写真の数々は誰の目に触れることもありません。すべてが加納先生とわたしの、ふたりだけの秘密です。

ですが、もし、要求に応じてもらえないのでしたら、わたしが盗み出した写真を、大勢の人々が目にすることになります。

どうなさいます、加納先生？　答えはYESですか？　NOですか？　先生のいい返事をお待ちしております。

昨夜はいろいろあって返信ができませんでしたが、今夜はいただいたメールにはすぐに返事をします。急《せ》かすつもりはありませんが、できるだけ早く、先生の返事をお聞かせください。鈴木拝。

追伸／そうそう。加納先生、知らない相手から送られて来た添付ファイルは、不用意に開かないほうがいいですよ。そういうファイルには危険な罠《わな》が潜んでいることもあるのです』

【鈴木】からのメールはそこで終わっていた。

恐怖に唇をわななかせながら、凜は喘《あえ》ぐような呼吸を繰り返した。

思い返してみれば、これまでに何度か、凜は覚えのない相手からのメールに添付されていたファイルを何気なく開いたことがあった。もしかしたら、そのことが凜をこの罠に陥れたのかもしれなかった。

「どうすればいいの？　ああっ、いったい、どうすればいいの？」

呻くように凜は言った。いても立ってもいられない気持ちだった。

やがて胃がヒクヒクと痙攣《けいれん》を開始し、その直後に、強烈な吐き気が込み上げて来た。

前夜と同じように慌てて立ち上がると、今夜も凜はトイレへと駆け込んだ。そして、前夜と同じように冷たい便器を抱きかかえ、体をよじりながら嘔吐《おうと》した。

口をすすいでからパソコンの前に戻った凜は、随分と長いあいだ、部屋のあちらこちらに視線をさまよわせていた。

警察に通報することも考えたし、誰かに、たとえば弁護士などに相談することも考えた。

そう。こんな時には専門家に相談するべきなのだ。それが最善の方法なのだ。

けれど……そうすることにはためらいがあった。

盗まれた写真の中には凜が自分の手で乳房を揉《も》みしだいたり、指で股間《こかん》をまさぐったりしているものもあった。体液が滲んだ生地の向こうに、女性器が透けているものさえあった。生徒思いの真面目な教師が……奥ゆかしくて、控えめで、いつも毅然《きぜん》としていることの自分が……極めて淫《みだ》らな趣味の持ち主だったなんて、そんなことは誰にも、絶対に、知られたくなかった。

再びパソコンの画面に視線を戻すと、凜は震える指をぎこちなく動かし、【鈴木】という人物への返信の文章を書いた。

『鈴木さん。あなたのしていることは犯罪なのよ。わたしが警察に通報したらどうするつもりなの？　あなたがどんなにずる賢くても、警察はきっとあなたを逮捕するわ。その時には、あなたの人生も終わりになるはずよ。だから、こんなことはもうやめてください。盗んだ写真はすべて破棄してください。そうすれば、警察には通報しません』

指があまりにも震えているせいで、たったそれだけの文字を打ち込むにもかなりの労力が必要だった。

メールをようやく打ち終えると、凜はそれを三度読み返した。

その男はまともではないのだ。常識が通用するような相手ではないのだ。そんな男がこれを読んだからといって、考えを変えるとは思えなかった。

それでも、凜は祈るような気持ちで、打ち終えたばかりのメールを【鈴木】に送信した。

昨夜はいくら待っても返信は来なかった。けれど、今夜はすぐに返信が届いた。

そう。その変質者は今まさに、パソコンに向かっているのだ。

『こんばんは、加納先生。返信をありがとうございます。鈴木さんと呼んでいただけて、とても嬉《うれ》しいです。

ところで、先生は警察に通報したいのですか？　そんなことをしたら、警察官たちがあの写真の数々を目にすることになるんですよ。あれを見たら、警察官たちはきっと、すごく喜ぶでしょうね。

それでも、先生が通報したいのでしたら、そうしてくださってけっこうです。

先生が通報したら、わたしは逮捕されるのでしょうね。でも、逮捕されたとしても、わたしには失うものが何もないんです。嘘ではありません。わたしは犯罪者ですが、先生に嘘はつきません。

わたしには失うものは何もありませんが、先生には失うものがたくさんあるでしょう？　わたしが逮捕される前に、先生の写真は全世界にバラまかれてしまうはずですよ。

これは脅しではありません。わたしは本気です。

どうします、加納先生？　わたしだけのために写真を撮ってくれますか？

五分だけ待ちます。五分以内に答えを出してください』

顔を上に向けて白い天井を見つめ、凜は意識的に深い呼吸を何度も繰り返した。

凜に与えられた選択肢はあまりに少なかった。いや、たったひとつしかなかった。

「ああっ、畜生っ！　畜生っ！　畜生っ！」

母がしばしば凜に向かって投げつけていた言葉を吐くと、凜は長い髪を両手で激しく掻《か》き毟《むし》り、パソコンが置かれている机の表面を拳《こぶし》でどんと強く叩《たた》いた。

この先に凜を待っているのは、おそらくは田代千春と同じような悲惨な運命だった。

それはわかっていた。だが、背に銃口を突きつけられた凜に、逃げ道はなかった。

凜は再びパソコンに向かい、今もなお震えている指でキーボードを叩き始めた。

『わかりました。本意ではありませんが、あなたの要求を受け入れます。でも、撮影はいつも週末にしているので、週末まで待ってください。土曜日の晩には、約束のものを送ります』

返信を書き終えると、もう読み返さず、奥歯を嚙み締めて送信した。とにかく、週末まで時間を稼ぐつもりだった。

今度もすぐに返信が来た。

『ありがとうございます、加納先生。喜んでお待ちします。わたしは待つことを苦にしない人間です。土曜日の晩を楽しみにしています。

さて、眠くなって来たので、今夜はこれで寝ることにします。おやすみなさい、加納先生。繰り返すようですが、わたしの要求に応じてくださったことに、心から感謝します』

パソコンの画面に並んでいる文字の羅列を、凜は無言で見つめた。またしても胃が痙攣を始め、強い吐き気が込み上げて来た。

6

翌日は朝から、汚水を吸い込んだ脱脂綿のような雲が空全体に低く垂れ込めていた。風が冷たくて気温も低く、二ヵ月近く前の真冬の日々に逆戻りしたかのようだった。

食欲はまったくなかった。それでも、体力を維持するために、凜は冷たい牛乳をかけたシリアルを無理やり口に押し込んでから学校へと向かった。

きょうの午前中は高校に隣接する中学校で四時限もの授業があり、朝からかなり忙しかった。中学校の国語の教師が足りないようで、この何年か、凜は隣の中学校で週に二日、午前中に四時限ずつ、計八時限の授業を受け持っていた。

授業をしているあいだもずっと、【鈴木】のことが頭から離れなかった。けれど、凜は必死に平静を装い、中学生たちに古文や現代国語を教え続けた。

中学校での四時限の授業をようやく終え、昼休みには高校に戻ったが、ホッとしている時間はなかった。学年主任の大林に呼ばれていたからだ。

「弁護士や教頭先生とも話し合ったんですが、田代さんには転校を勧めたほうがいいかもしれませんね」

面談室に入った凜に、学年主任の大林が難しい顔をして言った。

面談室には学年主任のほかに教頭の水島がいた。教頭もまた難しい顔をしていた。

「すでに我が校では多くの生徒が田代さんの不祥事を知っているようです。こんな状態では、田代さんは登校できないでしょう」

腕を胸の前で組んだ学年主任が、凜を見つめて言った。

「田代さんの今後を考えると、わたしも彼女には転校を勧めるべきだと思います」

今度は教頭が凜に言った。「厄介払いをするつもりはないのですが、転校させる以外に手だてがないでしょう」

凜は教頭の鼻の穴から盛大に飛び出した灰色の毛や、てかてかと光っている広い額をぼんやりと見つめた。

「担任の加納先生は、そのことについてどうお考えですか？」

充血した目で学年主任が凜を見つめた。

凜は担任なのだから、彼女の今後について誰よりも考えなければならないはずだった。けれど、今の凜には、哀れな女子生徒の心配をしている心の余裕がなかった。

「そうですね。あの……わたしも教頭先生や大林先生と同じ考えです」

とっさに凜はそう答えた。けれど、田代千春の転校について凜が考えたのは、今が初めてだった。

「やはりそうですよね」

教頭が難しい顔をして頷《うなず》いた。「それじゃあ、加納先生、お手数ですが、早急に、田代さんを受け入れてくれる高校を探してみてくれませんか？　できることなら、田代さんには新学期から新しい環境で勉強に励んでもらいたいですからね」

厄介払いをするつもりはない、と教頭は言った。だが、凜には彼が、今まさに厄介払いをしようとしているように感じられた。

ふと脇を見ると、窓の外では小雪が風に舞っていた。灰のようにも見えるその雪が、赤や黄色のチューリップの咲き始めた花壇の土に、白くうっすらと積もっていた。


季節外れの雪は午後も降り続き、いつの間にか、校庭は真っ白になっていた。

その日、凜は遅くまで学校に残り、田代千春の転校先を探し、その一校一校に電話をかけて打診した。

それは容易な仕事ではなかった。千春がリベンジポルノの被害に遭っていると知らされると、たいていの学校が受け入れに二の足を踏んだのだ。

中にはいくつか、受け入れてもいいと言ってくれた私立高校もあった。けれど、それらの学校に娘を通わせることに、田代千春の両親が同意するかどうかはわからなかった。

『受け入れる』と言ってくれた高校は、少女の自宅から遠いところに立地していたり、凜のいる高校に比べて偏差値がかなり低かったり、授業料が極めて高額だったりと、いろいろと問題があったのだ。

それでも、担任教師としての義務感から、凜は職員室で辛抱強く田代千春の転校先を探し続けた。

数日前までの凜だったら、義務感からではなく、教え子への思いから、必死で転校先を探したはずだった。あるいは、彼女を学校から追い出すようなことをするのではなく、もっと別の方法を考えようと教頭や学年主任に提案したはずだった。

けれど、今の凜はかつての凜ではなかった。自分のことで頭がいっぱいだったのだ。自分に問題が降り掛かって来ると、わたしは生徒のことも考えられなくなるんだ。わたしは自分で考えていたほど生徒思いの教師ではなかったんだ。

そう思って、凜は自分自身にひどく失望したし、強い自己嫌悪も覚えた。

雪が降り続いていた。窓の外に目をやると、真っ白に変わった校庭を照明灯の光が美しく照らしていた。

この時間も職員室に残っているのは、ほんの数人になっていた。凜が転校先を探し続けていると、凜に黒猫のゲンジを譲ってくれた英語教師の三浦智佳が話しかけて来た。

「凜、まだ帰れないの？　もしかしたら、田代さんのこと？」

凜の脇で身を屈《かが》めるようにして三浦智佳が訊《き》いた。彼女は凜と同期で、年も同じだった。同じ新潟の出身だということもあって、同僚の中ではいちばんの仲良しだった。昼休みにはたいてい、凜は彼女とふたりで食事をとっていた。

「田代さんに、いい転校先がないかと思ってるんだけど、見つからないのよ」

マスカラの塗り重ねられた三浦智佳の睫毛《まつげ》や、グロスの光る唇を見つめて凜は言った。

「そうなんだ？　いい転校先が見つかるといいわね」

「そうね」

「田代さんのことを、悪く言う先生たちもたくさんいるけど、まだ子供だからね。あんまり責めたらかわいそうよ」

三浦智佳が声をひそめて言った。

石黒達也のように、今回のことを田代千春自身の責任だと思っている教職員は少なくなかった。けれど、三浦智佳は少女のことを心から心配しているようだった。

「わたしもそう思う。だから、何とかしてあげたくて……」

「でも、あんまり無理しないでね。きょうの凜、顔色が悪いよ。わたしみたいに手を抜くところは抜かないと、体がいくつあっても保《も》たないよ」

凜の肩に手を乗せて、優しい口調で三浦智佳が言った。

「ありがとう、智佳」

凜はもう一度ぎこちなく微笑んだ。

その瞬間、【鈴木】のことを彼女に相談したいという思いに駆られた。困ったことが起きると、凜はいつも真っ先に彼女に相談していたのだ。

けれど、これぱかりは、彼女に相談することは考えられなかった。その話を聞いたら、三浦智佳は蔑《さげす》みと嫌悪に満ちた視線を向けるに違いなかった。

7

夜になっても雪は降り続いた。

雪のせいで道路はいつも以上に渋滞し、凜がようやく自宅のマンションに帰り着いたのは午後九時近くだった。

エントランスホールにあるメールボックスを覗《のぞ》くと、そこに宅配便業者からの不在票が入っていた。凜が留守なので荷物は宅配ボックスに入れたという通知だった。

それを見た瞬間、肉体を強い戦慄《せんりつ》が走り抜けた。荷物の送り主を記載する欄に、【鈴木】という名が書かれていたからだ。

反射的に、凜はエントランスホールを見まわした。その男がどこかから、自分を見つめているような気がしたのだ。

またしても吐き気が込み上げるのを感じながら、凜は宅配ボックスに歩み寄り、不在票に記入されていた暗証番号を入力して、そのひとつの扉を引き開けた。

宅配ボックスに入っていたのはさほど大きくない段ボール箱で、凜もよく利用しているインターネット通信販売の大手企業の社名が印刷されていた。

まるで爆発物でも入っているかのように、凜はその段ボール箱を両手で恐る恐る宅配ボックスから取り出した。

その箱は意外なほどに軽かった。差出人は【鈴木】となっていたが、その住所は荷物の受取人である凜の暮らすこのマンションになっていた。差出人の電話番号として記載されていたのは、凜が持ち歩いているスマートフォンの番号だった。

彼がその気なら、ここに凜を訪ねて来ることも、電話をして来ることもできるのだ。

そのことに、凜はまたゾッとした。

変質者から届けられた段ボール箱を抱えて、凜は自室へと向かった。エレベーターに乗っているあいだずっと、体が細かく震えていた。

自室に入ると、黒猫との抱擁もそこそこに、凜は届けられた荷物を開いた。段ボール箱の中に入っていたのは、極めてエロティックな……いや、猥褻《わいせつ》な化繊の下着の数々だった。

忌まわしくておぞましいものに触れるかのように、凜はそれらの下着を箱の中からそっとつまみ出した。

【鈴木】が送りつけて来たのは、透き通った黒い生地を細い紐《ひも》で繋《つな》いだだけのショーツと、ベビードールと呼ばれる丈の短い半透明の黒のランジェリーだった。黒いガーターベルトと、ナイロン製のガーターストッキングもあった。

すぐに凜は机の上に置かれたパソコンを立ち上げた。

思った通り、パソコンには【鈴木】からの新しいメールが届いていた。

『こんばんは、加納先生。わたしからの荷物は気に入っていただけましたか？

それを身につけた時の先生の姿を思い浮かべ、あれこれと考え、迷いに迷った末に、ネット通販で購入しました。女物の下着を買ったのは初めてで、かなり刺激的な体験でした。

土曜日の夜には、その下着をまとった先生の写真を送ってください。あしたの晩には、靴やアクセサリーも届くと思います。そっちも楽しみにしていてください。

追伸／先生のような清楚《せいそ》な人が、臍《へそ》にピアスを嵌《は》めているというのは意外でした。そのピアスは学校にもつけていっているのですか？　先生が臍にピアスをつけていることを知っている人は、わたしのほかにもいるのでしょうか？』

パソコンの画面に並んだ文字の羅列を見つめて、凜は軋《きし》むほど強く奥歯を嚙《か》み締めた。

その男がどんな人物なのか、凜にはまったく見当がつかなかった。若いのか、年寄りなのかもわからなかった。それどころか、本当に男なのかもわからなかった。

それでも、勝ち誇ったような男の顔が見えるような気がして悔しかった。やられているばかりで、何ひとつ抵抗できないことが悔しかった。

その男は今、凜を思うがままに操っていた。そして、凜を自由自在に遠隔操作し、望み通りのことを凜にさせようとしていた。

顔も見せず、声も聞かせず、離れたところにいる人間を意のままに操る。そのことが楽しくないはずがなかった。

8

季節外れの雪が降り続いていた。きっとあしたの朝には、辺りは一面の銀世界になっているのだろう。

千春は幼い頃から、雪が降ると意味もなくわくわくした気持ちになった。けれど、今の心は重く沈んだままだった。

きょうも一日の大半をベッドの中で、溜《た》め息ばかりついてすごしていた。退屈しのぎにテレビを見たり、好きな音楽を聴いたり、コミック誌を広げたりしてみたけれど、何をしていても楽しさは感じなかった。

以前の千春はスマートフォンばかりいじっていた。けれど、今はそれを手にすることはなくなっていた。それは千春を破滅へと追い込んだ、忌まわしい道具だった。

時計の針が午前零時をまわり、家の中から物音が消えたのを確かめてから、千春はベッドを出てドアに歩み寄った。そして、そのドアをそっと開き、廊下に置かれていた食事の載った盆を室内にそっと引き入れた。

娘を責めることしかしない母の料理を口にすることに、千春は屈辱に近い感情を覚えた。けれど、何も食べずにいることは難しかった。

机の上に盆を置くと、すっかり冷えてしまった食事を千春はゆっくりと口に運んだ。

料理を口に運び続けながら、千春はふと、壁に掛けられたカレンダーに視線を向けた。

大好きなルノワールの絵が一月から十二月まで一枚ずつ印刷されたカレンダーで、去年の暮れに行きつけの文房具店で購入したものだった。

そのカレンダーを壁に掛けていた時、間もなく始まる新しい年を思って、自分がどれほどわくわくしていたかということを千春は思い出した。

そう。あの時の千春は、こんなにも幸せでいいのかと感じるほど幸せだったのだ。

最初は勇気が必要だった。けれど、彼に褒めてもらってからは、下着の写真を送ることへの抵抗感は急速になくなっていった。

千春は毎日のように下着姿を撮影しては彼に写真を送った。彼はそのたびに『色っぽいね』『セクシーだ』と褒めてくれた。その言葉のひとつひとつが千春には嬉《うれ》しかった。

やがて、彼が全裸の千春を見たいと言い出した。

『ダメかな、チハ？　僕は君のすべてを見てみたいんだ』

千春はやはり戸惑った。戸惑ったのだと記憶している。いや、どうなのだろう？　もしかしたら、下着姿を送った時ほどには戸惑わなかったのかもしれない。

いずれにしても、千春はすぐに自室のカーテンを閉めきり、スマートフォンを使って全裸の自分を撮影した。そして、左右の乳房を左腕で押さえ、股間《こかん》の毛を右手で隠した一枚を彼に送信した。

だが、彼は満足しなかった。

『僕が見たいのはこんな写真じゃないんだ。チハのすべてが映っている写真なんだ』

その返信は千春を慌てさせた。褒めてもらえなかったのは、それが初めてだった。

千春はすぐに別の写真を送信した。それは黒々とした股間の毛や、薄い小豆色《あずきいろ》の乳首がはっきりと映った写真だった。

すぐにまた彼からの返信が届いた。

『ありがとう、チハ。素晴らしいよ。ヴィーナスがいるみたいだ』

その言葉に千春は歓喜した。

塩谷凌から『会いたい』という連絡が届いたのは、全裸の写真を送った夜のことだった。

千春はすぐに『わたしも会いたい』と返信した。

ああっ、何て馬鹿だったんだろう。何て愚かで世間知らずだったんだろう。

母の作った料理を見つめて、千春は奥歯をぎりぎりと噛み締めた。

9

金曜日、凜が校門を出た時には、すでに空には星が瞬いていた。

雪が降った翌日からは暖かい日が続いていて、今夜も暖かくて湿った風が吹いていた。だが、歩道の隅などには、溶けきれない雪がまだわずかに残っていた。

自宅に戻る街道沿いには警察署があった。凜はその駐車場に車を停めた。ここに来るのは運転免許証の更新手続きの時以来だった。

そう。凜は警察に相談するつもりだったのだ。

たとえ相手が警察官であったとしても、あの写真の存在を知られるのは嫌だった。あんな写真を撮っている人間だと思われるのは屈辱だった。

けれど、どれほど考えても、こうするよりいい方法はないように感じられた。

警察に行くとは決めてみたものの、車を降りる瞬間まで凜はためらっていた。それでも、何とか車から降り、警察署に足を踏み入れた凜は、言葉の通じない国に来た旅行者のように不安げな面持ちで辺りを見まわした。

高度経済成長期に建築されたという警察署は、とても古めかしくて薄汚れていた。窓のサッシはアルミニウム製ではなく鉄製だったし、入り口の扉も自動ドアではなかった。床に敷かれたリノリウムのタイルは傷だらけで、いたるところにひび割れができていた。

夜の警察署にいるのは、そのほとんどが男性だった。女性の姿もちらほらとは見えたが、みんな事務処理に追われているようで、凜のほうに視線を向けるものはいなかった。

建物に入ってすぐ左側に受付カウンターのようなところがあった。そこにいたのもまた男性で、五十代に見えるずんぐりと太った制服姿の警察官だった。

なおもしばらくためらっていたあとで、凜はその警察官に怖《お》ず怖ずと歩み寄った。

警察官が顔を上げ、近づいて来る凜を怪訝《けげん》そうに見つめた。警察官の顔には体に負けずに肉がついていて、その肉の中に小さな目が埋もれてしまいそうだった。

「こんばんは。あの……ちょっと相談したいことがあって来たのですが……」

ひどく顔を強《こわ》ばらせて、凜はそう切り出した。

「はい。どんなご相談でしょう？」

ずんぐりとした体をカウンターから乗り出すようにして警察官が尋ねた。

「実は、あの……何て言うか……誰かにパソコンの写真を盗まれまして……あの……そのことで……」

顔を強ばらせたまま、考え考え凜は答えた。

「どんな写真ですか？」

警察官が訊《き》いた。凜にとっては嫌な質問だった。

「それが、あの……とてもプライベートな写真なんです」

「と言いますと？」

警察官がさらに訊いた。

凜を見つめる警察官の目には、下世話な好奇心が満ちていた。少なくとも、凜はそう感じた。

「あの……つまり……他人の目には触れさせたくないような写真です」

言葉を探しながら、凜は小声で答えた。その時にはすでに、ここに来たことを後悔し始めていた。

「他人の目には触れさせたくない写真ですか？」

凜の体を上から下まで眺めまわしながら、警察官が凜の言葉をおうむ返しに繰り返した。「具体的にはどんな写真です？」

「ですから、あの……今、言ったような写真です」

凜はまた小声で答えた。ほかに言葉が見つけられなかった。

「そうですか。それで……その被害に遭ったのはどなたなんですか？」

「あの……わたしです」

さらに小さな声で凜は答えた。消え入りたいような気持ちだった。

「他人の目には触れさせたくないあなたの写真を、何者かがあなたのパソコンから盗み出したということですね？」

凜の全身を再び舐《な》めるように見まわして警察官が尋ねた。その絡みつくような視線に、凜は身震いしそうになった。

「はい。そうです」

「それであなたの写真を盗んだ人物は、あなたに何かを要求しているんですか？」

「はい。あの……そうです」

「それは金銭的なことですか？　それとも、まったく別な……たとえば性的なことでしょうか？」

そう言いながら、警察官はなおも執拗《しつよう》に凜の全身を眺めまわした。

「あの……性的なことというか……でも、それに近いことです」

踵《きびす》を返してここから出て行きたいという気持ちを抑え、凜はようやくそれだけ言った。

「そうですか。でしたら、性犯罪被害相談窓口か、ネットトラブル相談窓口ですね。とりあえず、きょうのところは五階の生活安全課に行って、そこでもう一度、相談方法について話し合ってみてください」

エントランスホールの隅にあるエレベーターを指差して警察官が言った。だが、そのあいだも、肉に埋もれそうな小さな目では、凜の体を執拗に見まわしていた。

ガタガタと揺れる小さなエレベーターに乗って、凜は警察署の五階へと上がった。

エレベーターから下りるとすぐに、『生活安全課』と書かれた札が目に入った。けれど、凛はそのドアにではなく、廊下の外れにある階段へと向かった。その階段を下りて、この建物から逃げ出すつもりだった。

勇気を出してここまで来たけれど、これが限界だった。

そう。凛は【鈴木】の要求に応じることに決めたのだ。

そんなことはしたくなかった。けれど、ほかに選択肢は何ひとつないように感じられた。

10

土曜の夜が来た。

入浴を済ませた凛はバスローブ姿でドレッサーの前に腰を下ろした。そして、平日には使わないたくさんの化粧品を目の前に並べ、湯上がりの顔に濃密な化粧を施し、時間をかけて長い黒髪を丁寧に整え、手の爪に派手なネイルシールを貼った。

こんなふうに撮影の準備をしている時の凛は、いつも胸を高鳴らせていた。土曜の夜にエロティックな自分の姿を撮影することは、凛の大きな楽しみだったから。

だが、今夜、凛の心に広がっていたのは、喜びとは対極にある感情だった。

見ず知らずの男に強いられ、彼が送って来た猥褻《わいせつ》な下着を身につけて写真を撮り、それをその男に送らなければならないのだ。凜が屈辱に身を震わせるのは当然のことだった。

それでも、凜はいつものように、撮影の準備を黙々と続けた。

【鈴木】が送りつけて来たショーツはGストリングと呼ばれるもので、バックの部分が細い紐《ひも》でできていて、穿《は》くと臀部《でんぶ》が完全に剝《む》き出しになった。それはまるで、ふんどしを締めているかのようだった。

ショーツのあとは、黒く透き通ったベビードールを身につけた。

ベビードールを着ていると臍《へそ》のピアスが揺れた。そのことが凜に【鈴木】のメールを思い出させた。

『先生が臍にピアスをつけていることを知っている人は、わたしのほかにもいるのでしょうか？』

誰も知らないそのピアスの存在を、その男だけが知っているのだ。

薄汚れた手で無理やり服を剝《は》ぎ取られたような気がして、凜はまた屈辱を感じた。

続いて、凜は【鈴木】が別便で送りつけて来たたくさんのアクセサリーを身につけた。ネックレス、ブレスレット、アンクレット、イヤリング、バングル……どれも十八金製の洒落《しゃれ》たアクセサリーで、どれもフランスの高級ブランドのものだった。

そう。おそらく、【鈴木】という男は金と時間を持て余しているのだ。そして、ほんの暇つぶしのつもりで、凜を遠隔操作して弄《もてあそ》んでいるのだ。

最後に、やはり【鈴木】が別便で送って来た黒いエナメルのパンプスを履いた。爪先《つまさき》の部分が開いたパンプスで、細い踵《かかと》の高さは十五センチ近くもあった。そのパンプスもまた、フランスの高級ブランドのものだった。

もしかしたら、インターネット通信販売の凜の購入履歴なども、【鈴木】は盗み見ているのかもしれない。いや、そうに違いなかった。そのパンプスのサイズは、凜がいつも購入しているものと同じで、凜の足にぴったりとフィットした。

【鈴木】がわたしの購入履歴を把握している。

そう考えると、強い羞恥心《しゅうちしん》が込み上げた。凜はいつもインターネットの通信販売を利用して、エロティックな下着の数々を購入していたからだ。

三十分近くかけて身支度を終えると、凜は鏡の前に立ち、そこに映っている娼婦《しょうふ》のような女をまじまじと見つめた。

極端に丈の短いベビードールの胸の部分には、黒いレースで薔薇《ばら》の花があしらわれていた。その黒い花の向こうに乳首が透けていた。ショーツの中で押し潰《つぶ》されている黒い毛もはっきりと見えた。

濃密な化粧が施された女の顔は、娼婦のようにも見えたけれど、どことなく不安げで、道に迷った子供のようにも見えた。

その夜も凜はエロティックな装いをした自分の姿を何枚も撮影した。スマートフォンのシャッター音が、カーテンを閉め切った静かな室内に何度も繰り返し響き渡った。

それはほとんど土曜の晩ごとにしていることだった。けれど、今夜は勝手が違った。撮影した写真は【鈴木】という男が見ることになるのだ。たぶんその男は、その写真を自慰行為に使うのだ。

そう思うと、どうしても顔が強ばった。ポーズもひどくぎこちないものになった。

いつもはスマートフォンのシャッター音を聞いているあいだに、性的な興奮が少しずつ高まっていく。けれど、今夜は『支配されている』『服従させられている』という屈辱感が募っていくばかりだった。

慌ただしく撮影を済ませると、凜は撮ったばかりの写真の何枚かをパソコンに移動させてから【鈴木】へのメールを書いた。

『鈴木さん、これでいい？　わたしを思い通りにできて満足した？』

怒りに近い感情を抱きながらそう書くと、写真を添付して凜は【鈴木】に送信した。

凜が【鈴木】に送信した写真にはどれも、性毛や乳首がはっきりと映っていた。だから、男はきっとそれで満足するだろうと凜は思っていた。

凜はそそくさとパンプスを脱ぎ、ベビードールを脱ぎ捨てた。そして、皮膚に張りつくような合成樹脂製のガーターベルトを外し、黒くて薄いストッキングを脱ぎ捨てた。早く楽な格好になって、ワインを飲みながら食事をしたかった。

【鈴木】が返信をして来たのは、腰を屈《かが》めた凜がGストリングのショーツを脱ごうとしていた時だった。

『加納先生、約束通りに写真を送っていただき、ありがとうございました。

でも、これじゃあ、ダメです。申し訳ありませんが、撮り直してください。わたしが見たいのは、こんないい加減なものではなく、いつも先生が撮っているようなエロティックな写真です。意味はわかりますよね？

さあ、すぐに撮り直してください』

凜は奥歯を嚙《か》み締めた。強烈な怒りが湧き上がって来たのだ。

「この男、いったい、どこまでつけ上がるつもりなんだ？」

どぎつく化粧した顔を怒りに歪《ゆが》め、吐き捨てるかのように凜は呟《つぶや》いた。

母は凜に対してはそういう言葉を使った。けれど、ふだんの凜の口からは決して出ないような言葉だった。

畜生。いい気になりやがって。畜生。畜生。

心の中でそう呟きながら、凜は外したばかりのガーターベルトを腰に巻き、ナイロン製のガーターストッキングを再び履いた。さらには、床に落ちていたベビードールを拾い上げて身につけ、脱いだばかりのブランド物のパンプスを履いた。

そして、凜はいつも以上に淫《みだ》らなポーズをとり、いつも以上に淫らな表情を作って撮影を始めた。自分の手で乳房を揉《も》みしだいている写真も撮ったし、ショーツの中に深々と指を差し込み、女性器をまさぐっている写真まで撮った。込み上げる怒りが、投げやりな気持ちにさせていたのだ。

撮影が済むと、【鈴木】に写真を送る前に、身につけていた下着類を脱ぎ捨て、すべてのアクセサリーを外した。今度の写真には【鈴木】も絶対に満足するはずだと確信していた。

ネルのナイトドレスに着替え、ガウンを羽織り、化粧を完全に落としてから、凜は【鈴木】に写真を送った。

すぐに【鈴木】からの返信が届いた。

『今度は素晴らしい写真でした。満足しました。ものすごく嬉《うれ》しいです。加納先生はわたしとの約束を守ってくれました。だから、わたしも約束を守ります。今後も先生が約束を守り続けてくれれば、先生の写真は誰にも見せません。本当にありがとうございました。わたしは加納先生が大好きです』

それを読むとすぐに、凜は【鈴木】に返信をした。

『わたしの写真をどうするつもり？』

すぐに【鈴木】からメールが届いた。

『どうもしません。わたしが個人的に楽しむだけです』

パソコンの画面を見つめ、凜は何度か唇を舐《な》めた。

自分を脅している人物が若いのか、年寄りなのかはわからなかったし、本当に男なのかさえわからないままだった。それでも、一時間前まで感じていた底知れぬ恐怖は、今では随分と薄らいでいた。

11

その翌日、日曜日の午後、前日に電話で約束した午後三時に、凜は田代千春の自宅を訪問した。

きょうは千春の両親がふたりで凜を出迎えた。彼らはどちらも、途方に暮れたような表情をしていた。先日も通された広々としたリビングルームで、その両親に凜は彼らの娘の転校についての話をした。

「今の学校にこのまま通い続けるのは無理でしょうね」

太い腕を胸の前で組み、千春の父は肉のたっぷりとついた丸顔に苦渋の表情を浮かべた。娘を転校させることを、父親はしかたないと考えているようだった。

だが、母親のほうは、今の高校に娘を通わせ続け、エスカレーター式に大学まで進学させたいと考えていたようだった。

「加納先生、何とかなりませんか？　できることなら、転校なんかさせず、大学まで行かせてやりたいんです。そのために、今の学校に通わせているんです」

神経質そうな顔に苦悩の表情を浮かべ、縋《すが》るような目で千春の母が凜を見つめた。

凜が転校先として選んだ高校にも千春の両親は難色を示した。凜が予想した通り、ある高校は自宅から遠すぎるというのが理由だったし、別の高校は偏差値が低すぎるというのが理由だった。また別の高校の学費は、彼らにとって高すぎるようだった。

「ご両親のお気持ちはよくわかります。でも、千春さんの気持ちを思うと、このまま在籍させるのは難しいと思います」

父親と母親の目を交互に見つめ、穏やかな口調で凜は言った。「ご両親が納得できるような転校先をさらに探してみますので、前向きに考えてみてください」

凜の言葉に、父親は無言で頷《うなず》いた。けれど、母親のほうは不服そうな顔を続けていた。


両親との話し合いのあとで、凜は少女の部屋のドアをノックした。「ふたりだけで話をしたい」と言って、両親には外してもらった。

「先生、ひとり？」

ドアの向こうから、心細そうな少女の声がした。

「ええ。ひとりよ」

ドアに顔を寄せるようにして凜は答えた。

その直後に、鍵《かぎ》が外される音が聞こえ、ドアがゆっくりと内側に開いた。少女はきょうもパジャマ姿だった。

室内に入った凜がドアを閉めると同時に、千春が凜に抱きつき、その胸に顔を埋《うず》めた。少女の口から吐き出された息で、胸の辺りがほんのりと温かくなった。

ひとしきりの抱擁を終えると、凜はカーペットが敷かれた床に少女と向き合って座った。

窓の外には目映《まばゆ》いほどの春の日差しが満ちていた。すでに西のほうでは桜の花が開き始めていて、あと数日で東京の桜も開花するということだった。けれど、その部屋のカーテンはぴったりと閉め切られていたから、外の様子はまったく見えなかった。

少女がこんな息苦しい部屋に一日中引きこもっていることを思うと、哀れでならなかった。十七歳という年頃は、人生で最も輝いていていい時だった。

「きょうは転校についての相談をしに来たの」

幼い子供に言い聞かせるかのような口調で、凜は少女にそう切り出した。

「転校？」

少女が凜の目を覗《のぞ》き込むように見つめた。

「ええ。今の状況を考えると、このまま学校に通い続けるというのは、ちょっと難しいと思うの。それで、転校してみたらどうだろうって考えたの」

「どこかに、いい転校先があるの？」

あどけない少女の顔には、とても心細そうな表情が浮かんでいた。

「ちょうどいい学校はなかなか見つからないんだけど……でも、きっと見つけてあげる。だから、田代さん、転校について前向きに考えてみてくれない？」

少女を見つめて、凜は優しく微笑んだ。

「今の学校には友達もいるし、加納先生とも一緒にいたいけど……でも、先生の言う通り、わたしを知っている人がいないところに行ったほうがいいのかもしれない」

目を伏せた少女が呟くように言った。

「わたしはそのほうがいいと思う。田代さんなら、きっとすぐに友達ができるよ」

パジャマの膝《ひざ》の上に置かれていた少女の手を握り締めて凜は言った。

「加納先生、親身になってくれてありがとう」

唇をわななかせるようにしてそう言うと、少女は腰を浮かせ、凜に再び抱きついた。

そんな少女の髪を、凜は優しく撫《な》でた。

12

加納凜が帰ったすぐあとに、両親が「話したいことがある」と言って千春の部屋のドアをノックした。最初は母が、その十分ほどあとでは父が。

けれど、どちらの時も千春はドアの鍵を開けなかった。「ひとりでいたいの。だから、放っておいて」と、ドアの向こうに言っただけだった。

きょうは天気がよくて、外はとても暖かいようだった。さっき、カーテンの隙間から外を見たら、屋外には眩《まぶ》しいほどの光が満ちていて、庭の花壇では大きく膨らんだチューリップの蕾《つぼみ》が気持ちよさそうに揺れていた。

そう。ついに春が来たのだ。千春がいちばん好きな季節が来たのだ。

けれど、カーテンを閉め切ったままのその部屋は、今も真冬のような気がした。


千春が塩谷淩と初めて会ったのは、十二月の最後の日曜日だった。

あの日の千春はふわりとした白いセーターの上に、ピンクのダウンジャケットを羽織り、擦り切れたデニムのスカートを穿《は》いていた。出がけに千春を見た母が、「スカートが短すぎる」と顔をしかめたマイクロミニ丈のスカートで、足元は白いルーズソックスと、お気に入りのピンクのスニーカーだった。

ほかの女子生徒たちと同じように、千春も制服のスカート丈を短くしていた。だが、学校に通う以外の時には、ミニスカートやショートパンツをめったに穿かなかった。肌を露出するような格好を母がひどく嫌がったからだ。けれど、彼がいつも、『チハって脚が綺麗《きれい》だよね』と褒めてくれるから、あの日の千春は持っているスカートの中でいちばん丈の短いものを穿いて自宅を出た。

待ち合わせ場所として彼が指定したのは、青山《あおやま》通りに面した洒落《しゃれ》たカフェだった。約束の午後二時を少しまわった頃、その店に彼が姿を現した。その瞬間、心臓が猛烈に高鳴り、剝《む》き出しの脚が細かく震えた。写真で見た以上に、彼がハンサムでかっこよかったからだ。

そう。初めてじかに見る塩谷凌は、背が高くて、すらりとした体つきをしていた。切れ長の目が涼しげで、よく日焼けしていて、とても精悍《せいかん》な感じだった。

お洒落が好きだという彼のファッションは、あの日もばっちりと決まっていた。足元は茶色い革製のワークブーツだった。彼の右の耳たぶではシルバーのピアスが光っていた。指の何本かでもシルバーのリングが輝いていた。

「やあ、チハ、初めまして」

ふたりの視線が合った瞬間、彼は満面の笑みを浮かべて千春に歩み寄って来た。「チハって、写真で見るより何倍も可愛いんだね」

その言葉に千春は有頂天になった。会って嫌われたらどうしようと、何日も前からずっと考えていたのだ。

「塩谷さん、ありがとうございます。お世辞でも嬉《うれ》しいです」

頰を真っ赤に染めて千春は言った。

「いつもみたいに、りょうちゃんって呼んでいいよ。俺もチハって呼ぶからさ」

千春の脇に腰を下ろしながら彼が笑った。爽《さわ》やかなその笑みに、千春は魅了された。

あの日、青山の表通りに面したカフェの、窓に向いたカウンターに彼と並んで座り、千春は氷を浮かべたミルクティーを飲んだ。北風が吹く寒い日だったけれど、彼の姿を見た瞬間から体が熱くなって、冷たい飲み物が欲しくなったのだ。こんなに素敵な男と並んで座っているなんて、夢を見ているみたいな気がした。

初めて会ったにもかかわらず、ふたりのあいだに会話が途切れることはなかった。精悍な見かけによらず、彼は気さくで、聞き上手だったからだ。

彼は喫煙者のようで、千春と話している途中で一度、「ごめん。すぐに戻るよ」と言って席を立ち、カフェの外にある喫煙所で煙草を吸っていた。千春の母は煙草を吸う人間を嫌悪していて、もう何年も前に父に禁煙をさせていた。千春も煙草のにおいは好きではなかったけれど、彼が煙草を吸うことに嫌悪を抱くことはなかった。

ふたりの前に置かれたカップが空になった頃、彼が千春を真っすぐに見つめて訊《き》いた。

「チハ、これから俺んちに来ないか？」

それは予想していなかった言葉で、千春はひどく戸惑った。大学生の彼は、都内のマンションの一室でひとり暮らしをしているということだった。

「りょうちゃんちに行って、あの……何をするの？」

ぎこちない笑みを浮かべて千春は訊いた。

「何か食べながら、もっと話そうよ。こう見えても、俺、料理がうまいんだ」

無邪気そうな笑みを浮かべて彼が言い、千春は戸惑い続けながらも頷《うなず》いた。断ったら悪いような気がしたのだ。


あの十二月の最後の日曜日、千春は期待と不安に胸を高鳴らせながら彼とふたりで地下鉄を乗り継ぎ、北新宿《きたしんじゅく》のマンションに行った。表通りから少し入ったところにある十一階建ての古いマンションで、彼はその七階に部屋を借りているようだった。

その部屋に入った瞬間、千春はそこに漂っている男の体臭と、濃密な煙草のにおいを感じた。玄関のたたきには、男物の靴がだらしなく散乱していた。室内もかなり散らかっているように見えた。

千春の母は病的なまでに綺麗好きで、家の中はいつもきちんと片付いていた。床も窓ガラスもピカピカだった。けれど、彼の部屋が散らかっていても、嫌悪は感じなかった。男のひとり暮らしなのだから、当然だろうとさえ思った。

千春がスニーカーを脱ぎ、室内に入った瞬間、彼が千春を強く抱き締めた。

驚きのあまり、千春は全身を硬直させた。幼い頃に父に抱かれたことを別にすれば、異性に抱き締められたのは初めてだった。

抱き締めた直後に、身を硬くしている千春の後頭部の髪を彼が鷲摑《わしづか》みにした。そして、千春の顔を真上に向けさせ、その唇に自分のそれを重ね合わせて来た。

その瞬間、頭の中が真っ白になった。

彼は千春を抱き締めたまま、煙草のにおいのする舌を千春の口に深く差し込み、口の中を荒々しく掻《か》きまわした。それだけでなく、千春のダウンジャケットのファスナーを素早く引き下ろし、左の乳房をセーターの上から乱暴に揉《も》みしだいた。

「うっ……むうっ……むううっ……」

とっさに千春は胸を揉んでいる彼の手を押さえ、華奢《きゃしゃ》な体をよじらせながら彼の口の中に呻《うめ》きを漏らした。

貪《むさぼ》るような長いキスのあとで、彼はいったん千春の口を解放してくれた。だが、その直後に、さらに強く千春を抱き締め、今までよりさらに激しいキスを再開した。

キスを続けながら、彼は千春のセーターとブラウスを捲《まく》り上げ、その中にひんやりとした手を差し込んで来た。そして、ブラジャーのカップの上から、さらに荒々しく、さらに激しく乳房を揉みしだいた。

千春にできたのは、彼の口の中に呻き声を漏らし続けることだけだった。脚がひどく震えた。彼に抱かれていなければ、その場にしゃがみ込んでしまいそうだった。

13

随分と長いあいだ、彼は千春の唇を貪りながら乳房を揉み続けていた。だが、やがて、それを中断すると、朦朧《もうろう》となっている千春を部屋の奥へと連れて行き、そこにあったベッドの上に押し倒した。

「いやっ……りょうちゃん、やめてっ……いやっ……ダメっ……」

我に返った千春は懸命の抵抗を試みた。その経験はなかったけれど、彼がしようとしていることはわかっていた。

けれど、男の力の前では、千春はあまりに無力だった。

すぐに彼は千春のダウンジャケットを脱がせ、白いセーターと白いブラウスを荒々しく剝《は》ぎ取った。そして、白い木綿のブラジャーを押し上げ、剝き出しになった乳房をこねるように揉みながら、左右の乳首を派手な音を立てて荒々しく吸った。

「あっ、ダメっ！　待ってっ！　きょうはいやっ！　きょうはダメっ！」

彼の下で抵抗を続けながら、千春は必死の思いで哀願した。たとえいつか、彼と関係を持つことになるのだとしても、今はまだ心の準備ができていなかった。

けれど、彼には千春の言葉に耳を貸す気がないようだった。

やがて彼が千春の胸から顔を上げた。その顔は鬼のような形相になっていた。

その直後に、彼がデニムのミニスカートを力ずくで脱がせ、続いて小さな白いショーツを毟《むし》り取るかのように脱がせた。

千春は反射的に体を丸め、あらわになった股間《こかん》の毛を手で隠した。

そのあいだに、彼は慌ただしくジャケットとズボンと下着を脱ぎ捨て、再び千春にのしかかって来た。そして、体を丸めていた千春を力ずくで仰向《あおむ》けにし、千春の上に身を重ね合わせた。

「ダメっ！　きょうは許してっ！　ダメっ！　りょうちゃん、ダメっ！」

必死に叫びながら、千春は彼の下から抜け出そうとした。

けれど、千春の体は固め技を掛けられた柔道選手のようになっていて、身動きすることさえ難しかった。

硬直した男性器の先端を千春の股間に宛てがうと、彼がそれを強引にねじ込み始めた。

その瞬間、これまでに経験したことがないほどの激痛が千春の全身を走り抜けた。それはまるで、赤く焼けた鉄の棒を股間に突き入れられたかのようだった。

「いやーっ！　痛いっ！　いやーっ！　いやーっ！」

ベッドに後頭部を擦《こす》りつけ、千春は我を忘れて絶叫した。

けれど、彼は手加減をしなかった。

石のように硬い男性器が狭い膣口《ちつこう》を強引に押し広げ、それを無惨に引き裂きながら千春の内部へと少しずつ侵入を続けた。

ずずずっ……ずずずっ……ずずずっ……。

あまりの痛みに、千春は意識を失いそうになった。けれど、痛みは次々と襲いかかって来たから、気を失うことさえ許されなかった。

男性器が千春の中に完全に埋没すると、彼がふーっと長く息を吐いた。千春を見下ろすその顔には満足げな表情が浮かんでいた。

その直後に、彼が腰を前後に振り動かし始めた。

想像を絶するほどの激痛が、再び千春に襲いかかって来た。

千春は夢中で叫び続けた。ほかにできることは何もなかった。

あの日、腰を打ち振っていた彼が、急に千春の中から男性器を引き抜いた。そして、千春の髪を鷲摑みにして上半身を起こさせ、自分は中腰になって「くわえろ」と命じながら、ふたりの体液と千春の血にまみれた男性器を千春の口に無理やり押し込んだ。

千春はギョッとした。けれど、朦朧となっていた彼女にできたのは、口をいっぱいに広げて、不気味なにおいを立ち上らせているそれを受け入れることだけだった。

口に押し込まれたそれは、千春の手首よりも太いように感じられた。そんなに太いものに体を刺し貫かれていたとは信じられないほどだった。

すぐに口の中の男性器が痙攣《けいれん》を繰り返し始めた。男性器が痙攣をするたびにどろどろとした生温かい液体が放出され、それが千春の舌の上に不気味に広がっていった。

男性器の痙攣が完全に終わるのを待って、彼がそれを千春の口から引き抜いた。男性器と千春の唇のあいだで、少し濁った液体が糸を引いて光った。

「飲め、チハ。口の中のものを飲み下せ」

千春を見つめて彼が命じた。その顔はとても恐くて、カフェで話していた時の彼とは別人のようだった。

おぞましい液体を口に含んだまま、千春は縋《すが》るように彼を見つめた。許してほしかった。こんな不気味なものを飲み込むなんて、そんなことは絶対に無理だった。

「飲め。言われた通りにしろ」

彼が再び千春に命じた。彼は今も左手で千春の髪を抜けるほど強く握り締めていた。

選択肢はなかった。千春は心を決めると、口の中の液体を何度かに分けて飲み下した。粘り気の強い液体が食道を流れ落ちていくのがわかった。


あんなところに、のこのこと出かけて行くなんて、わたしは何て馬鹿だったんだろう。

カーペットにうずくまり、もう何十回も思ったことを、今また千春は思った。

あの日、荒々しい性行為のあとで、彼はまた優しい彼に戻り、千春の体をそっと抱き締め、頬に流れていた涙を舌で舐《な》め取ってくれた。そして、「痛かったかい？　ごめん。

俺はチハのことが大好きだよ」と、耳元で優しく囁《ささや》いてくれた。
千春はその言葉に縋りついた。
今になって思えば、それもまた愚かな判断だった。
そう。あの時すでに、千春は蜘蛛《くも》の巣に引っかかった蝶《ちょう》だったのだ。

第三章

1

学年末試験が終わり、学校は春休みになった。けれど、教師には春休みなどなく、凛は相変わらず忙しい日々を送り続けていた。

運動系のクラブでは春休みにも頻繁に試合があった。彼らの試合があるたびにチアリーディング部は応援に駆けつけたから、顧問である凛も彼女たちに同行して、野球場やサッカーグラウンド、体育館などに赴かなければならなかった。

教師として迎える六回目の春だった。四月から凛はまた新二年生の担任を命じられていたから、その生徒たちを受け入れるための準備も少なからずあった。

幸いなことに、リベンジポルノの被害者となった田代千春の転校先は決定していた。都内にある、やはりキリスト教系の大学の付属高校だった。

千春の母親はその大学が気に入らないようで顔をしかめていた。だが、父親は凛が探した高校に娘が転校することを承諾していた。当事者の千春は、転校先となる高校の制服が気に入ったようで、新しい学校に通うことを楽しみにしているようだった。

十日ほど前に開花した桜は早くも満開の時期をすぎ、今は風が吹くたびにピンクの花びらを辺り一面に撒《ま》き散らしていた。職員室の窓から校庭の桜を見て、凜は、花は満開の時だけを見るのがいいのだろうか、という徒然草《つれづれぐさ》の一節を思い出したりもした。

【鈴木】と名乗った男は凜に毎週、エロティックな下着と踵《かかと》の高いパンプスやサンダル、それにアクセサリーの数々を送りつけて来た。本意ではなかったが、凜は週末ごとに、それらを身につけた自分の写真を撮影して彼に送信していた。

【鈴木】は凜が写真を送るたびに、『加納先生、すごく綺麗《きれい》です』『本当にスタイルがいいんですね』『笑顔が素敵です』などと褒めてくれた。

見知らぬ男の意のままにされていることが、屈辱であることに変わりはなかった。自分がとてつもなく愚かなことをしているような気もした。それでも、両親から褒められたことのない凜には、【鈴木】の言葉の数々が新鮮にも感じられた。

最初の頃、凜は【鈴木】が恐ろしくてしかたなかった。彼が自分を破滅に追い込むと確信していたのだ。けれど、やり取りを続けるうちに、凄《すさ》まじいまでの恐怖は徐々に薄らいでいった。

【鈴木】はブランド物の高価なアクセサリーを次々と、惜しげもなく送って来た。それで凜は彼からプレゼントされているような気がした。撮影に使ったあとでも、彼はアクセサリーを『返せ』とは言わなかった。

いったいどんな男なのだろう？

三月も終わろうというある晩、凜は【鈴木】に自分の写真を送ってほしいと伝えてみた。

『鈴木さんの顔が見たいの。わたしはあなたの望み通り、恥ずかしい写真をたくさん送っているんだから、あなたもそのぐらいのことをしてくれてもいいんじゃない？』

きっと断ってくるのだろうと思っていた。だが、【鈴木】はすぐに、自分だという写真を送って来た。首から上の部分が映った男の写真だった。

送られて来た写真の男は、凜が想像している男よりずっと若くて、凜と同じくらいの年に見えた。その写真には体は映っていなかった。けれど、頰がこけていて、首が細くて長かったから、痩《や》せた男なのかもしれなかった。男は色白で、黒い髪は長めだった。

写真の男は醜男《ぶおとこ》ではなかった。もしかしたら、整った顔立ちと言ってもいいのかもしれなかった。けれど、凜が抱いた印象は、『特徴のない顔だな』ということだった。

そう。その男は本当に特徴のない顔をしていた。ほんの少し目を離したら、すぐに忘れてしまいそうな顔だった。

他人のパソコンからデータを盗み出すような犯罪者が、自分の写真を送って来るとは考えられなかった。だから、送られて来た写真はまったくの別人のものなのだろう。

けれど、凜は追及しなかった。

【鈴木】が送って来た写真の男は、すぐに忘れてしまいそうな顔をしていたが、よく見ると、何となく寂しげで、何となく物憂げで、ナイーブで繊細そうだった。

写真の男は、別人のものに違いないと凜は考えていた。それにもかかわらず、彼の顔写真を見てからは、その男への嫌悪感が日ごとに薄れていった。

ある晩、学校から持ち帰った事務処理を一段落させた凜は、少し躊躇《ちゅうちょ》した末に、【鈴木】と名乗っている男にメールを送ってみた。

『鈴木さん、こんばんは。今、お時間はありますか？』

自分を脅し続けている変質者に、用もないのにこちらからアプローチするなんて、とんでもなく愚かなことのような気もした。それでも、凜がメールをしたのは、彼をもっと知りたい、もっと知って安心したいという気持ちからだった。

彼からの返事はすぐに来た。

『はい。時間はいくらでもあります。加納先生もお気づきでしょうが、わたしは暇を持て余しているんです』

そのメールを目にした瞬間、色白でほっそりとした男がパソコンに向かっている姿を、凛は反射的に思い浮かべた。

何を尋ねたとしても、デタラメを答えるに違いないとは思っていた。それでも、ずっと気になっていたことを、凛は訊《き》いてみることにした。

『鈴木さんはどんな仕事をしているの？』

すると、すぐにまた【鈴木】からの返信が届いた。

『パソコンで株の売買をしています』

それを読んだ凛は、すぐにまた彼にメールを送信した。

『パソコンの前に座っているだけで大金を稼いでいるの？』

今度もすぐに返事が来た。

『そうですね。数分でサラリーマンが手にする一生分のお金を稼いだこともあります』

足元にはいつものように黒猫がうずくまり、凛の足の甲に顎《あご》を乗せて微睡《まどろ》んでいた。その猫の背中を反対側の足で撫《な》でながら、凛はさらに男とのメールのやり取りを続けた。

『数分でサラリーマンの一生分？　すごいわね』

『すごくはありません。わたしが仕事をして汗を流すことはありませんし、誰かから感謝されたこともありません』

『でも、やっぱりすごいわ』

凛はそう書いた。だが、羨《うらや》ましくはなかった。凛は自分の仕事に誇りを持っていた。

『いいえ。違います。本当にすごいのは、加納先生のほうです。先生は子供たちに知識を伝えるという、素晴らしいお仕事をなさっているんですから。伝達することによって、人類は今の繁栄を手に入れたのです』

凛は無意識に笑みを浮かべた。

『褒めてくださって、ありがとうございます。でも、そんなことを言ってくれるのは、あなただけですよ』

『わたしは本当にそう思っています』

『ありがとう。ところで、鈴木さん、話は変わるけど、どうやってわたしのパソコンに侵入したの？』

『以前も申し上げたように、とても専門的なことですから、話しても加納先生には理解できないと思います』

『そんな専門的なことを、どうやって勉強したの？』

『独学です。わたしにはありあまるほどの時間がありますから』

『わたしの写真を見て何をしているの？　マスターベーション？』

【鈴木】が気を悪くするかもしれないと危惧《きぐ》しながらも、凛はそう尋ねてみた。心の中では男が凛の写真を見ながら自慰行為をしているに違いないと確信していた。

『いいえ。していません』

『そんなこと、信じられないわ』

『嘘はつきません。信じてください』

【鈴木】が答えた。不躾《ぶしつけ》な質問にも気を悪くした様子はなかった。

その晩、凜はさらにしばらく【鈴木】とのやり取りを続けた。そんなふうに誰かとメールのやり取りを長々と続けるのは、凜にとっては初めての体験だった。

どうでもいい質問には、【鈴木】はすらすらと答えた。年は凜と同じ二十七歳。結婚の経験はなく、恋人もいない。趣味は音楽を聴くことと映画を見ることだと教えてくれた。

音楽はクラシックから、ヒットチャートを賑《にぎ》わしているものまで、かなり詳しいようだった。オペラも好きだと男は言った。ハリウッド映画はあまり好きではなく、カルトムービーのようなものを好んで見ているということだった。

『本も好きです。文学書、経済書、哲学書、医学書……何でも読みます。でも、先生がお好きな平安文学は、わたしには敷居が高いようです』

けれど、【鈴木】は下の名前は教えたくないようだったし、住んでいるところも教えたがらなかった。出身地や経歴、家族のことなどについても教えてくれなかった。

【鈴木】が凜について、新たに知りたいと思っていることはないようだった。彼は凜についても、とてもよく知っていたからだ。

そう。彼は信じられないほどに凜を知っていた。それはまるで、古い文献を漁《あさ》り、歴史上の偉人について調べ続けている研究者のようでさえあった。彼は凜が小学生の時に地元の作文コンクールで金賞をもらったことや、中学二年生の一年間ずっと国語で満点を取り続けたことまで知っていた。

そのことに凜はひどく驚いた。

『どうして、そんなことまで知っているの？　わたしのパソコンには、そんな記録は入っていなかったはずよ。あなたはいったい、何者なの？』

わずかに指を震わせて、凜はキーボードを操作した。治まりかけていた彼への恐怖が甦《よみがえ》って来たのだ。

『わたしは先生の大ファンなんです。だから、先生のことは何でも知っているんです』

『どうやって調べたのか教えて』

凜は尋ねた。ストーカーに付きまとわれているような気がした。

『それはお教えできません。でも、心配なさらないでください。大好きな加納先生を破滅させるようなことはいたしませんから』

凜の怯《おび》えを感じ取ったかのように、【鈴木】がそう返信して来た。

凜はしばらく、彼からの新たなメールを無言で見つめていた。それから、まだ震えている指でキーボードを操作した。

『わたしは一生懸命に生きて来たつもりよ。だから、お願い。わたしの人生を滅茶苦茶《めちゃくちゃ》にするようなことは決してしないでね』

すぐにまた【鈴木】からのメールが届いた。

『わたしを信じてください。わたしは加納先生の敵ではなく、味方です』

その文面を見つめ、凛は自分自身を納得させるかのように何度か頷《うなず》いた。

2

転校先が決まってからも、千春は一日の大半を自室にこもってすごした。食事はダイニングルームでするようになっていたが、その時にも、母親とは時間をずらしていた。千春がそんなことをしたら、以前の母なら文句を言ったに違いなかった。けれど、今は何も言わなかった。それどころか、そのことを歓迎しているようにさえ感じられた。そう。千春と同じように、母も娘と向き合って食事をしたくないのだ。淫《みだ》らで、ふしだらな娘とは口もききたくないのだ。

他人行儀なその態度から、千春には母の気持ちがよくわかった。

千春に対する父の態度は、以前に増してぎこちないものになっていた。それはまるで腫《は》れ物に触るかのようだった。傷物にされてしまった娘にどう接していいのかが、きっとわからないのだろう。

両親のその態度が、千春をひどく傷つけた。

その日、千春は思い切って、美容室に行くことにした。学校が始まる前に髪を切っておこうと考えたのだ。

千春は中学生の頃から、自宅のすぐ近くにある美容室に行っていた。母も通っている美容室で、そこだったら何も言わなくてもちゃんとカットしてくれた。

けれど、その日は電車に乗り、これまでには行ったことのない美容室へと向かうことにした。自分を知っている人間に会いたくなかったのだ。

身支度を終えた千春は、家を出る前に鏡に顔を映してみた。

そこに映っている少女の顔は、千春の目にもかつてとは別人のように見えた。鏡の中の少女の目は虚《うつ》ろで、顔色が悪く、生気というものがほとんど感じられなかった。

いよいよ家を出ようという時には緊張した。もしかしたら、近所の人々は千春の不祥事を知っているかもしれなかった。

細く開けたドアのあいだから顔を出し、千春は外の様子をうかがった。

さわやかな南風の吹く暖かい日だった。雲はほとんどなく、強い春の日が住宅街を眩《まぶ》しく照らしていた。あちらこちらから鳥の声が聞こえたし、車のエンジン音も微《かす》かに聞こえた。けれど、人の姿は見えなかった。

心を決めて玄関を出ると、千春は小走りに門の外へと飛び出した。

自宅から駅に向かう急な坂道の両側には、大きな桜の樹がずらりと植えられていた。

いつの間にか、その桜が満開の時季をすぎていた。

花の中を何羽もの鳥たちが甲高く鳴きながら飛び交っていた。風が吹くたびに、雪のように激しく花びらが舞い散った。足元はピンクの絨毯《じゅうたん》を敷き詰めたかのようだった。桜の花のトンネルを歩いているみたいだ。

覆いかぶさって来るかのような桜を見上げて千春は思った。

生暖かい南風が、伸びてしまった髪をなびかせ、フレアスカートの裾《すそ》をはためかせた。ピンク色の薄い花びらは顔や体にも絶え間なく降り掛かって来た。それはまるで紙吹雪の中を歩いているかのようだった。

幸いなことに、顔見知りにはひとりも出くわさなかった。そんなこともあって、歩いているうちに、千春の緊張は少しずつほぐれていった。

大丈夫。新しい学校ではきっとうまくいく。大丈夫。大丈夫。

自分自身に繰り返し言い聞かせながら、千春は急な坂道を歩き続けた。一歩踏み出すたびに、気分はさらによくなっていった。

けれど、その坂道を上り切った瞬間、またしても、強烈な不安が込み上げて来た。前方から歩いて来た見知らぬふたりの少女が、こちらを見た瞬間に、目配《めくば》せをし合ったように感じたのだ。

千春と擦れ違う時、少女のひとりが小声で何かを言った。それは千春には聞き取れなかったが、その言葉を耳にしたもうひとりが、わざとらしいほど甲高い声で笑った。

千春は反射的に振り向いた。すると、少女たちも振り返り、千春を見つめていた。

まさか……わたしのことを知っているの？

心臓が息苦しいほどの鼓動を始め、掌《てのひら》が脂汗でじっとりと濡《ぬ》れた。

あいつのせいだ。何もかも、あの男が悪いんだ。

激しい動揺に苛《さいな》まれながら、千春はそう考えた。


メールのやり取りだけをしていた頃には、千春は塩谷凌のことを、気さくでお茶目で、気遣いのできる素敵な男だと感じていた。彼は千春のつまらない相談にもちゃんと乗ってくれたから、頼り甲斐《がい》のある兄ができたような気もしていた。

けれど、体の関係を持ってからの彼は、とても横暴な態度を取るようになった。

彼は週末ごとに千春を自分のマンションに呼び出した。そして、千春が部屋を訪れると挨拶《あいさつ》もそこそこに薄汚れたベッドに押し倒し、服や下着を乱暴に剝《は》ぎ取り、レイプでもするかのように荒々しく犯した。

あの頃はまだ彼のことが好きだった。彼に愛されたいと思っていた。だから、求められれば拒むことはしなかった。それでも、妊娠するのは怖かったから、彼には避妊具を使ってくれるように何度となく頼んだ。けれど、彼はそのたびに、「中には出さないよ」と言って、避妊具の使用に応じてはくれなかった。

彼はオーラルセックスが好きなようで、会うたびにその行為を強要した。男性器を口に入れることには、強い抵抗感があった。それは排尿のためにも使われる不浄の器官だったから。それでも、愛されたいという一心で、千春は嫌悪に耐え、股間《こかん》に密生した黒い毛に顔を埋《うず》めるようにして男性器を口に含んだ。

そんな千春の髪を、彼はいつも両手で鷲掴《わしづか》みにした。そして、千春の顔を荒々しく前後に打ち振らせ、石のように硬い男性器で喉《のど》を繰り返し突き上げた。

それはまさに拷問だった。あまりの苦しさに、千春は何度も噎《む》せ返り、男性器を吐き出して激しく咳《せ》き込んだ。嘔吐《おうと》しかけたこともあった。

「りょうちゃん、もう許して。お願い。許して」

千春はいつも目を潤ませて彼に哀願した。

けれど、彼がその願いを聞き入れてくれたことは一度もなく、千春が咳《せき》を終えるのを待ち兼ねたかのように、再び口の中に男性器を深々と押し込むのが常だった。

口からの呼吸が遮られているために、行為の途中で千春はしばしば酸欠のような状態に陥って意識が朦朧《もうろう》となった。半開きに固定した顎《あご》は疲れきり、首の筋肉がキリキリと鋭く痛んだ。口からは唾液《だえき》が溢《あふ》れ、顎の先から絶え間なく滴り落ちた。

長いオーラルセックスの末に、彼はいつも千春の口の中に大量の体液を注ぎ入れ、それを嚥下《えんか》するように命じた。

本当は吐き出したかった。けれど、「愛の証《あかし》を見せろ」と言われれば、拒むことはできなかった。

セックスが終わると、彼はいつも千春を放《ほ》ったらかしにして、自分はビールを飲み、煙草をふかしながら、テレビを見たり、音楽を聴いたり、スマートフォンをいじったり、友達と電話で話をしたりしていた。

普通の恋人たちのように、彼と千春が連れ立って街に行くことはめったになかったし、彼が外で食事を奢《おご》ってくれることもなかった。

彼の目的は体だけなのではないだろうか？

すぐに千春はそう思うようになった。

彼は会うたびに、『愛してる』『好きだ』と言った。けれど、彼がそれを態度で示してくれたことはほとんどなかった。

彼が自分の経歴を偽っていたことも、千春の心が離れていく原因となった。

千春とのやり取りを始めた頃の彼は、自分を都内の有名私立大学の学生で、経済学の勉強をしているのだと言っていた。コンビニエンスストアでアルバイトをしているのは、将来、父の会社の経営に携わるための修業みたいなものなのだ、と。

だが、実際には彼は大学生ではなく、コンビニエンスストアのアルバイト店員というのが本職だった。佐賀県の出身だというのは本当らしかったが、父親が地元で数十軒のコンビニエンスストアを経営しているというのはまったくの出任せで、彼の父は地元の工場で二交代制の労働に従事しているようだった。

「りょうちゃん、どうしてそんな嘘をついたの？」

会って間もなくの頃、千春はそう言って彼を責めた。けれど、彼は鬱陶《うっとう》しそうな顔をしただけで、千春が納得できるような返事を聞かせてはくれなかった。

年が明けるとすぐに、千春は十七回目の誕生日を迎えた。その誕生日に彼がプレゼントしてくれたのは、目を逸《そ》らしたくなるほどに猥褻《わいせつ》な青い化繊のショーツと、完全に透き通った青い化繊のベビードールだった。

彼は自分の部屋で、千春にその猥褻なショーツを穿《は》かせ、ベビードールをまとわせた。そして、その姿をスマートフォンで撮影してから、千春を自分の足元にひざまずかせてオーラルセックスを強要した。その後は、レイプでもするかのように荒々しく犯した。

行為が済むと、彼はベッドに千春を残して立ち上がり、裸のままキッチンでカップ麺《めん》に湯を注いで食べ始めた。

十七回目の誕生日だったあの日、嫌というほど陵辱された千春は、彼の体臭が染みついたベッドに茫然《ぼうぜん》と横たわっていた。そんな千春に、彼はカップ麺を啜《すす》りながら、「チハも食いたかったら、自分で勝手に食え」と言った。

きょうは誕生日だから、彼がお洒落《しゃれ》な店でご馳走《ちそう》してくれるのではないか。そんなことを期待していた千春は、彼の態度にひどく落胆した。

いや、あの時、千春は、『こんなこと、もう嫌だ』『もう別れよう』と決意した。あれほどひどい誕生日は初めてだった。

3

また土曜日が来た。

学校から自宅へと戻る車の中で、凛は今夜、どんなポーズを取ろうかなどと考えていた。帰宅したらすぐに入浴し、それから撮影の準備をするつもりだった。今では【鈴木】への恐怖はほとんど感じなくなっていた。

彼が今週送って来たのは、肌に張りつくような黒いラテックス製のブラジャーと、尻《しり》の割れ目に食い込むような同じ素材の黒のタンガショーツだった。送られて来たその日のうちに、凛は試しにそれらの下着を身につけて鏡の前に立ってみたが、その姿は自分でもドキドキしてしまうほどにエロティックで猥褻だった。

自宅のマンションに着いたのは、午後七時半だった。

玄関のドアを開けると、いつもなら、黒猫が座ってこちらを見上げている。耳のいい彼には、廊下を近づいて来る凜の足音が聞こえるようなのだ。

けれど、今夜はそこに黒猫の姿がなかった。

「ゲンジ、どこにいるの？　ゲンジ。ゲンジ」

パンプスを脱ぎながら、凜は室内に呼びかけた。

黒猫は凜が呼ぶと、たいていは可愛らしい鳴き声を聞かせてくれる。けれど、今夜は返事がなかった。近づいて来る気配も感じられなかった。

微《かす》かな不安を覚えながら、凜は室内を見てまわった。

いつも凜は、餌入れの中にキャットフードをたっぷりと入れて出かけるのだが、帰宅した時には陶製のその餌入れは空っぽになっている。けれど、今夜はキャットフードがほとんど減っていなかった。こんなことは初めてだった。

凜は猫のトイレを、リビングダイニングキッチンの片隅と、廊下の外れにひとつずつ置いていた。帰宅するとすぐ、そのふたつのトイレの処理をするのが日課だった。だが、今夜はどちらのトイレにも排尿や排便の形跡がなかった。それもまた初めてのことだった。

黒猫は寝室にいた。ドレッサーの下にうずくまり、じっと身動きせずにいた。

「どうしたの、ゲンジ？　どこか具合が悪いの？」

ドレッサーの脇に身を屈《かが》め、凜は黒猫の体に触れた。

黒猫が凜を一瞥《いちべつ》した。だが、その後はすぐに目を閉じてしまった。

風邪でもひいたのだろうか？　食中《あた》りだろうか？

黒猫を撫《な》でながら凜は思った。彼の様子は、明らかにいつもとは違っていた。けれど、きょうは土曜日だったから、行きつけの動物病院は昼までの営業だった。あしたの日曜日は休診日だった。


とりあえず、少し様子を見ることにしよう。

そう思った凜は黒猫から離れ、机の上のパソコンを立ち上げた。そして、今夜予定していた撮影を、別の日に延期させてほしいと【鈴木】にメールを送信した。

凜が送信をした直後に、【鈴木】からの返事が届いた。

『どうかなさったんですか、加納先生？』

それで凜は黒猫の様子がおかしいのだと正直に答えた。

『どこが、どうおかしいんですか？　具体的に教えてくれませんか？』

すぐにまた、【鈴木】がそんなメールを送信して来た。

凜は少しカッとした。彼が疑っているのだと考えたのだ。もしくは、飼い猫ごときで約束を反故《ほご》にしようとしている凜を、彼が責めようとしているのだと思ったのだ。

それでも、凜は黒猫のゲンジの現在の様子を彼に細々と書いて伝えた。

今度はすぐには返事が来なかった。

わたしが約束を守らないから怒ったのかな？

凜はそう考えた。

【鈴木】から返事が届いたのは、凜の最後のメールから十分ほどがすぎた頃だった。

そのメールの内容は凜を驚かせた。【鈴木】の考えでは、おそらく黒猫は尿道に結石が詰まってしまったために排尿ができなくなっており、一刻も早く手術しないと尿毒症になり、命に関わる恐れがあるというのだ。

『それじゃあ、日曜日にも診療している動物病院を探して、あしたの朝いちばんでゲンジを連れて行くことにするわ』

込み上げる不安に息苦しさを覚えながらも、凜は彼にそうメールした。心の中では、なぜ、彼は猫の尿道結石に詳しいのだろうなどと考えていた。

今度はすぐに彼からメールが届いた。

『あしたでは手遅れになってしまう可能性があります。今すぐに救急の動物病院をパソコンで検索して、できるだけ早く、ゲンジを連れて行ってください。ゲンジを死なせたくないなら、早くしてください』

そのメールは凜の不安をさらに駆り立てた。

【鈴木】に指示された通り、凜はすぐにパソコンで自宅近くにある二十四時間体制の動物病院を探し出した。そして、ドレッサーの下にうずくまっている黒猫をキャリーバッグに入れ、マンションから一キロほどのところにある動物病院へと車で向かった。

凜の行きつけの動物病院は清潔で明るくて、エステティックサロンのようだった。その動物病院で獣のにおいを感じたことはほとんどなかった。けれど、今夜、凜が訪れた二十四時間体制の動物病院の待合室には、獣のにおいが噎《む》せ返るほど濃密に立ち込めていた。リノリウムの床にも、犬や猫の毛が散らかっていた。

もう午後九時に近いというのに、犬や猫を連れた人々で待合室は混んでいた。こんな時間にペットを連れて来るくらいだから、きっとみんな急患なのだろう。飼い主たちの何人かは不安げな表情を浮かべていた。

その動物病院には大勢の獣医師が勤務していて、診察室が五つもあった。けれど、とても混んでいるということもあって、凜は一時間近くも待たされた。

診療の順番を待っているあいだ、凜は込み上げる不安に耐えながら、膝《ひざ》に置いたバッグの中の黒猫に何度となく話しかけた。

活発な黒猫は普通なら、出してくれと鳴いて訴える。けれど、今夜は窮屈なバッグの中で身を丸め、ほとんど身動きをしなかった。

ようやく黒猫のゲンジを診察してくれたのは、凜と同じくらいの年齢に見える女性獣医師だった。驚いたことに、彼女の見立ては【鈴木】とまったく同じで、一刻も早く外科手術をする必要があるとのことだった。

「あの……もし、飼い主が異変に気づかなかったら、どうなってしまうんですか？」

込み上げる不安におののきながら、凛は女性獣医師に訊《き》いた。

「最悪の場合は亡くなります。二十四時間以内に気づけば、まず助かりますが、四十八時間になると亡くなることがあります。七十二時間後だと腎機能《じんきのう》が著しく低下して、大半が助かりません」

細く描いた眉《まゆ》を寄せるようにして女性獣医師が凛を見つめた。彼女は美人という言葉からはほど遠い容姿をしていたが、その顔にはかなり濃厚な化粧が施されていた。

黒猫が手術を受けているあいだ、凛は獣のにおいの立ち込めた待合室のソファに座り、じっとりと汗ばんだ両手を強く握り合わせていた。

手術は三十分ほどで終わった。待合室に姿を現した女性獣医師に凛は足早に歩み寄り、わずかに声を震わせて尋ねた。

「先生……あの……ゲンジは助かりますか？」

アイラインに縁取られた目で凛を見つめ、女性獣医師がにっこりと微笑んだ。

「はい。血液検査の結果を待つ必要はありますが、まず大丈夫でしょう。発見が早くて、すぐに手術できたのが幸いしました」

その言葉に、凛は胸を撫で下ろした。安堵《あんど》のあまり、目には涙が滲《にじ》んだ。

「あしただったら間に合いませんでしたか？」

ホッとしながらも、凛はさらに訊いた。【鈴木】に強く勧められなかったら、黒猫を動物病院に連れて行くのはあしたにしようと考えていたからだ。

「はっきりとは言えませんが、重症化していたことは間違いありません。この病気は早く対処すればするほど予後がいいんです」

女性獣医師がまたにっこりと微笑んだ。

「ゲンジを助けていただいて、ありがとうございました」

凛は獣医師に深々と頭を下げた。同時に、心の中で【鈴木】にも感謝の言葉を贈った。

4

手術後の黒猫には数日の入院が必要と言われ、凛はひとりで動物病院をあとにした。

自宅に着いたのは午後十一時に近かったが、凛はすぐにパソコンから【鈴木】に感謝の言葉を送信した。

『鈴木さんの言った通り、ゲンジは尿道結石でした。でも、あなたのおかげでゲンジは手術を受けて助かりました。何て言って感謝していいかわかりません』

彼はもう眠ってしまったかもしれない。そう凜は思っていた。だが、【鈴木】からの返事はすぐに来た。

『ご連絡ありがとうございました。すごく心配していたのでホッとしました。ああっ、本当によかった。これでわたしも安心して眠れます』

凜もまたすぐに彼にメールを送った。どれほど感謝しても足りない気分だった。

『鈴木さん、本当にありがとうございます。鈴木さんはゲンジの命の恩人です。もし、鈴木さんに強く言われなかったら、わたしはきっとあしたまでゲンジを動物病院に連れて行かなかったと思います。そうしたら、ゲンジは死んでしまったかもしれないんです。そう思うと、今も体が震えます』

『それじゃあ、加納先生、わたしと出会えてよかったですね』

脅迫者である彼がそんなことを言うのは図々《ずうずう》しい気もした。けれど、今夜はその通りかもしれなかった。

『まあ、きょうのところは、そうかもしれません。それにしても、鈴木さんはどうして猫の尿道結石なんかに詳しいんですか？　もしかしたら、獣医さんなんですか？』

凜はそう尋ねた。それは動物病院の待合室で思いついたことだった。

『違います。インターネットで調べただけですよ。誰にでもできることです』

なるほど、そうだったのか、と凜は無言で頷《うなず》いた。

凜はインターネットが好きではなく、調べたいことがあると図書館に行くタイプだった。けれど、こういう緊急時にはインターネットが不可欠なのかもしれなかった。

『鈴木さんに何か、このお礼がしたいわ』

凛はそうメールをした。すると、またすぐに【鈴木】から返信が届いた。

『お礼なんていりません。先生の幸せが、わたしの幸せですから。でも、先生がどうしてもと言うのでしたら、今度はいつもよりもっとエロティックで、もっとセクシーな写真を送ってください』

そのメールを読みながら、凛は無意識のうちに微笑んでいた。

『わかったわ。いつもよりエロティックでセクシーな写真を、できるだけ早く送るわ。鈴木さん、楽しみにしていてね』

打ち終えたメールを、凛は一度読み返した。

変質者とこんなやり取りをしているなんて、自分のほうこそ変質者なのではないか。そんなことも考えた。けれど、凛はそのメールを【鈴木】に向けて送信した。

すでに午前一時をまわっていたが、入浴を済ませた凛は食事をとらず、ドレッサーの前で化粧を施し、洗ったばかりの髪を丁寧に整えた。そして、水曜日に【鈴木】から送られて来た、肌に張りつくような黒いラテックス製のブラジャーとショーツを身につけ、木曜日に彼が送って来たアクセサリーの数々をまとった。

撮影の支度をしているあいだ、かつて自分だけのために撮影をしていた時のような胸の高鳴りを凜は感じた。性的な高揚感も覚えた。何だか、これから【鈴木】を相手に性行為をするような気分だった。

三十分ほどで支度を終えると、凜はさまざまなポーズをとって撮影を始めた。

カシャッ……カシャッ……カシャッ……カシャッ……。

スマートフォンのシャッター音を聞いているあいだに、ラテックス製のショーツの中で、女性器が潤み始めるのを凜は感じた。

撮影の途中で、凜はふと思いつき、ラテックス製の黒いブラジャーを外した。そして、小ぶりな乳房を剝《む》き出しにした自分の姿を何枚か撮影した。その写真は、黒猫の命を救ってくれた【鈴木】への特別なプレゼントのつもりだった。

通気性のない合成樹脂製のカップに包まれていた乳房は、噴き出した汗でじっとりと濡《ぬ》れていた。暖かいエアコンの風が、ひんやりと涼しく感じられるほどだった。

乳房を剝き出しにした姿を撮影していると、これまでに覚えたことがないほどに強い高ぶりを感じ、凜は撮影を中断してベッドに倒れ込んだ。そして、汗ばんだ左右の乳房を夢中で揉《も》みしだき、肌に張りつく合成樹脂の上から女性器を夢中で刺激した。その後は、分泌液にまみれたショーツを脱ぎ捨て、ぬるぬるになったクリトリスを指先で強く擦《こす》った。

自慰行為をしながら、凜は【鈴木】を思い浮かべていた。

「あっ、鈴木さんっ！　そこはダメっ！　あっ、感じるっ！　あっ！　ああっ！」

凜の口から漏れる淫《みだ》らな声が、静かな室内に淫靡《いんび》に響いた。

はしたない。浅ましい。

そんな言葉が脳裏をよぎった。けれど、声を抑えようとは思わなかった。

5

部屋の明かりは消されていた。けれど、カーテンを開け放った大きな窓から大都会の夜の光が入って来たから、動きまわるのに不自由するほどの暗さではなかった。

彼は音楽が好きで、起きている時はほとんどずっと音楽を流していた。けれど、今はその音楽もなく、広々とした室内はとても静かだった。

彼は今、ベッドの背もたれに寄りかかり、壁に掛けられている一枚の絵を見つめていた。多摩地区にあるキリスト教系の私立高校の女教師の顔を描いた油絵で、美大を卒業した知人にその女性の写真を見せ、それを元に描いてもらったものだった。

洒落《しゃれ》た額に納められた絵の中の女は、目が大きく、鼻の形がよく、唇がふっくらとしていて、上品で整った顔立ちをしていた。女は優しく淑《しと》やかで、奥ゆかしそうだったが、こちらに向けられたその目には秘めた勇気が籠《こ》められているように感じられた。

彼女は今、何をしているのだろう？　ワインを飲みながらの食事だろうか？　それとも、もうベッドに入り、夢の世界をさまよっているのだろうか？

彼は今、ほとんど一日中、その女のことを考えていた。何をしていても、彼女のことが頭から離れなかった。今の彼にとってその女の存在は、生きている目的のすべてと言ってもよかった。

会いたい。あの人に会いたい。あの人の声を聞き、あの人の温《ぬく》もりを感じながら残りの人生をすごせるのなら、ほかに望むものは何ひとつない。

彼はそう考えていた。けれど、同時に、その望みがかなうことは絶対にないのだとともわかっていた。

「ゲンジが助かって、本当によかった」

誰にともなく彼は呟《つぶや》いた。

防音性の高い部屋に、その小さな声が意外なほどに大きく響いた。

6

その朝、千春は新しい高校の制服である緑色のタータンチェックのスカートと、濃紺のハイソックスを穿《は》き、明るいグレイのブレザーを着た。そして、強い不安と仄《ほの》かな期待に胸を高鳴らせながら自宅の門を出ると、通勤通学の人々の群れに合流して急な上り坂を駅に向かって歩き始めた。

今までの高校に通うためにはバスを乗り継いでいたから、通学に電車を使うのは初めての体験だった。都内に勤務している父によれば、地下鉄に直通しているその電車は通勤通学時にはいつも超満員だということだった。

坂道の両側に植えられた桜は今ではほとんどが散っていて、あちらこちらに花びらの吹き溜《だ》まりができていた。灰色をした雲が空一面に広がっていて、吹き抜ける北風がとても冷たく感じられた。

千春は人々の視線を気にしていた。だが、こちらに目を向ける人はいないようだった。かつては千春もほかの女子生徒たちと同じように、制服のスカート丈を極端に短くしていた。けれど、とてもではないが、今は脚を出す気にはなれなかった。男たちの視線が恐ろしかったのだ。

塩谷凌との別れを決意した千春は、彼に短いメールを送った。十七歳の誕生日を迎えた直後のことだった。

彼と出会う前の自分の暮らしを取り戻したかった。彼の性欲処理の道具として利用されるのは、もう懲り懲りだった。

『りょうちゃん、さようなら。わたし、もうりょうちゃんとは会わないことにしました。勝手を許してください。お元気で』

彼への文句は山ほどあったが、それはあえて書かなかった。とにかく、彼と縁を切りたい一心だった。

そのメールだけで彼とは終わりにできるだろうと千春は思っていた。けれど、そうはいかなかった。千春がメールを送った直後に、彼が電話をして来たのだ。しかたなく、千春はその電話に出ないでいると、今度はメールが送られて来た。

千春はそのメールを読んだが、そこには背筋が冷たくなるようなことが書かれていた。

『別れるなんて、そんなことは許さない。どうしても、別れるって言うなら、チハ、お前の写真や動画をインターネット上にバラまくぞ』

彼はあの部屋に隠しカメラを設置していて、それで千春との性行為を静止画だけでなく、動画としても撮影していたらしかった。

千春は返信をしなかった。いや、恐ろしくて、どんな返事をすればいいのか、わからなかったのだ。

すると、彼が千春のスマートフォンに動画を送りつけて来た。高校の制服姿の千春が彼の足元にひざまずき、髪を鷲摑《わしづか》みにされてオーラルセックスを強いられているという、信じられないほどに恐ろしい映像だった。

それを目にした瞬間、頭の中が真っ白になった。

彼が送りつけて来た映像には、男性器を口に含んでいる千春の顔がはっきりと映っていた。激しく咳《せ》き込んだ千春が男性器を吐き出し、彼に赦しを乞《こ》うところも映っていたし、彼が千春の口に硬直した男性器を再び押し込むところも映っていた。口の中に放出された体液を、千春が嚥下《えんか》するところまでが映っていた。

その姿はまさに、性の奴隷だった。そんなおぞましい映像を誰かに見られたら、人生は滅茶苦茶《めちゃくちゃ》になってしまうはずだった。

彼はさらにメールを送りつけて来た。

『チハ、俺は別れたくない。お前のことが好きなんだ。だから、考え直してくれ。別れるなんて、二度と言わないでくれ』

あの時、千春にできたのは、強い恐怖に駆られながら、『わかった。考え直すわ』というメールを送ることだけだった。


そんなふうにして、千春はまたしても彼のマンションに通うようになった。彼が変わり、優しくしてくれることを千春は期待した。

けれど、彼は変わらなかった。それまでと同じように、千春がマンションを訪れるたびに、彼はレイプでもするかのように千春を乱暴に犯した。長く執拗《しつよう》なオーラルセックスも会うたびに強要した。横暴な態度も変わらなかった。

千春はつくづく嫌気がさして、もう会いたくないと彼に何度となく伝えた。けれど、彼はそのたびに、この関係が続けられないのなら写真や動画をインターネット上にバラまくと千春を脅した。その写真や動画を、嫌がる千春に無理やり見せもした。

どの動画にも音声が録音されていて、千春の口から絶え間なく漏れる喘《あえ》ぎ声や、肉と肉とがぶつかり合う鈍い音などがはっきりと聞こえた。

「これを見たら、チハのオヤジやオフクロはどう思うかな？　同じ高校のやつらは何て思うだろうな？」

そう言うと、彼はいつも勝ち誇ったかのような目で千春を見つめた。

彼はSM行為に関心があったようで、インターネットの通信販売を使って、手錠やロープや口枷《くちかせ》や、一般にはヴァイブレーターと呼ばれている合成樹脂製の疑似男性器などを次々と購入した。そして、裸の千春を身動きができないように拘束した上で、股間《こかん》におぞましい器具の数々を押し込んだり、硬直した男性器を口に含ませたりした。俯《うつ》せに縛りつけた千春の背に身を重ね、肛門《こうもん》を力ずくで犯そうとしたこともあった。

次々と襲いかかって来る恥辱と屈辱に、千春は涙を流しながらも懸命に耐えた。けれど、ある日、ついに限界がやって来た。

こんなことを続けさせられるぐらいなら、もう、どうなってもいい。

そう思った千春は、彼からの呼び出しに応じるのをやめることにした。

彼は「写真や動画をバラまくぞ。それでもいいのか？」と言って千春を脅した。けれど、千春は二度と彼のマンションに行かなかった。彼の電話は着信拒否にした。そして、臆病《おくびょう》な動物が穴の中に顔を突っ込んで現実から目を逸《そ》らそうとするように、彼のことも、忌まわしい写真や動画のことも忘れてしまおうとした。過去の女だと思ってもらいたかった。彼にも千春のことを忘れてもらいたかった。

けれど、そうはならなかった。

7

東京都千代田区《ちよだ》にある転校先の高校までは、千春の自宅から一時間ほどだった。

千春と一緒に地下鉄の改札口を出た人たちの中には、千春と同じ制服を着ている高校生が何人もいた。今度の高校の女子生徒たちのスカートの丈も、以前の高校の生徒たちと同じようにとても短かった。

転校先の高校までは、外堀《そとぼり》沿いに作られた遊歩道を歩いて十分ほどの距離だった。その遊歩道の両側に植えられた無数の桜も今は、ほとんど花を散らせてしまっていた。お堀の水面《みなも》にはピンクの花びらが無数に浮かんでいて、風に吹かれてゆっくりと漂っていた。空には今も灰色の雲が広がっていた。すでに八時をまわっていたが、吹き抜ける風は変わらず冷たかった。

遊歩道を歩いているあいだ、千春は視線を一度も感じなかった。

大丈夫なのかもしれない。ここでは誰もわたしがしたことを知らないのかもしれない。

強い緊張を覚えながらも千春はそう思った。

転校生である千春は、まず職員室に行くことになっていた。

けれど、千春が職員室にたどり着くことはできなかった。正門を入るとすぐに、自分に向けられる視線に気づいてしまったのだ。

とっさに千春は足を止め、周りにいる生徒たちを恐る恐る見まわした。

見ていた。何人もの生徒が千春を見ていた。千春を指差し、何かを言い合っていた。

込み上げる恐怖に、千春は息をすることさえ忘れかけた。

気のせいだと思いたかった。勘違いだと思いたかった。

けれど、そうではなかった。大勢の生徒が間違いなく千春を見つめていた。千春に向けられた視線のいくつかには、明らかな嫌悪や軽蔑《けいべつ》が浮かんでいた。

そう。すでに彼らは知っているのだ。髪を鷲摑みにされて口に男性器を突き入れられている千春の姿や、犬のように四つん這《ば》いになって背後から犯されている千春の姿を、彼らは間違いなく目にしているのだ。裸でベッドに磔《はりつけ》にされ、股間にグロテスクな器具を突き立てられている千春の姿を、彼らの多くが見ているのだ。

次の瞬間、千春はくるりと踵《きびす》を返した。そして、目を涙で潤ませながら、たった今、入って来たばかりの正門に向かって小走りに駆け出した。

8

その朝、講堂で行われている始業式に出席していた凜のバッグの中で、マナーモードに設定していたスマートフォンが震え始めた。

凜はバッグをそっと開き、震え続けているスマートフォンに視線を落とした。

その画面には、かつての教え子である田代千春の名が表示されていた。

電話に出るか出ないか、一瞬、迷った。それでも、凜は周りの教師たちに頭を下げながら足早に講堂を出た。何となく嫌な予感がしたのだ。

季節を二ヵ月近くも逆戻りさせたかのような寒い日で、重たい鉄の扉の外には冷たい北風が音を立てて吹き抜けていた。

「もしもし、田代さん。何かあったの？」

スマートフォンを握り締めて凜は尋ねた。そんな凜の耳に、かつての教え子の泣き叫ぶような声が飛び込んで来た。

『ダメよ、先生……もうダメ……転校先でもみんなが知ってるわ……みんながわたしのことを知っているの……』

「そんな……そんなこと……」

『ダメよ。ダメ。ダメ……わたしの居場所は、もうどこにもないのよ……ああっ、どうしたらいいの？　加納先生……わたしはこれから、どうすればいいの？』

ひどく取り乱している女子生徒の顔が凜には見えるようだった。

「田代さん、落ち着いて。とにかく、落ち着くのよ、田代さん。今、どこにいるの？学校なの？　それとも、自宅にいるの？」

『家です……家に戻って来たところです』

少女が小声で答えた。やはり泣いているようだった。

「わかったわ。きょうの授業は午前中だけだから、そうね……遅くとも、一時半までには田代さんの家に着くようにするわ。そこでこれからのことを一緒に考えましょう。いいわね、田代さん？　わたしが行くまで待っていられるわよね？」

春物の薄いスーツを容赦なく貫く風の冷たさに、華奢《きゃしゃ》な体を絶え間なく震わせながら、凜は激しく動揺している少女を何とかして落ち着かせようとした。

『ひとりでいると、頭がおかしくなりそうです。だから、先生、早く来てください』

今にも消え入りそうな声で少女が言い、凜は幼い子供に言い聞かせるかのように、「大丈夫よ、田代さん。大丈夫。そんなに心配しなくて大丈夫よ」と繰り返した。

けれど、自分が何を根拠にそう言っているのかは、凜にもわからなかった。

風が吹き抜けるたびに、校庭のあちらこちらに吹き溜《だ》まっている桜の花びらが舞い上がった。スカートの裾《すそ》が激しくはためき、ポニーテールに結んだ髪が後頭部で揺れた。

午前中の最後の授業を終えた凜は、持参した弁当には手をつけず田代千春の自宅へと車を走らせた。風が相変わらず冷たかった。空に広がった灰色の雲は、時間の経過とともに厚みを増していた。

田代千春の自宅に着いたのは、間もなく約束の午後一時半になろうという時だった。

インターフォンを鳴らした凜を、目をまっ赤にした少女が玄関で出迎えた。母は留守のようだった。

凜に向けられた少女の顔には、憔悴《しょうすい》し切ったような表情が浮かんでいた。頰には涙のものらしき跡が残っていた。

「ああっ、先生……わたし、もうダメ……もう死にたい……生きていたくない……」

前回、ここに来た時と同じように、凜の姿を目にした少女が、声を震わせてそう言いながら胸に飛び込んで来た。

そんな少女の体を、きょうも凜はしっかりと抱き締めた。

今にも雨が降り出しそうなその春の日の午後、教え子だった少女の自室の床に、凜は少女と向き合って座っていた。

「先生、わたし、あの学校には行けない……二度と行けない。行きたくない……」

カーペットにぺたんと座った少女が、顔を俯《うつむ》かせて小声で言った。

「みんな田代さんのことを知っていたって……それは本当なのかしら？」

「本当よ。だって、みんながわたしを見ていたの。珍しい動物を見るみたいな目で、みんなが見ていたのよ」

「田代さん、少し神経質になりすぎているんじゃないかしら？」

凜の言葉を耳にした少女が挑むような視線を向けた。そこには苛立《いらだ》ちと怒りがないまぜになったような表情が浮かんでいた。

「先生、疑ってるの？　わたしの言うことを、信じていないの？」

「そういうわけじゃないけど……」

「じゃあ、何なのよっ！　馬鹿にしないでっ！」

突如として、少女がヒステリックに声を張り上げた。

「ごめんなさい、田代さん。無神経なことを言って、ごめんなさい。許してね」

怒りに歪《ゆが》んだ少女の顔を見つめて凜は謝罪した。

その瞬間、少女の顔から怒りが消え、直後に、道に迷った子供のような表情が表れた。

「わたしのほうこそ、ごめんなさい。先生がこんなに心配してくれてるのに、怒鳴ったりして……わたし、どうかしてるのよ……頭がおかしくなっちゃったのよ……」

凜を見つめる少女の目が、またしても涙で潤み始めた。

凜は少女ににじり寄り、その痩《や》せた体を両手で強く抱き締めた。

「先生……死にたい……わたし、死にたい……」

凛の腕の中の少女が絞り出すように言った。

「ダメよ。田代さん、そんなこと言っちゃダメ。頑張りなさい。頑張るのよ」

少女から腕を放し、涙の流れるその顔を真っすぐに見つめて凛は言った。

「頑張れないよ……わたし……もう、頑張れない……」

顔をくちゃくちゃにした少女が、呟《つぶや》くように言った。

「田代さん。わたしに少しだけ時間をちょうだい。何かいい方法がないか考えるから……だから、少しだけ待って欲しいの」

少女を見つめて凛は言った。けれど、自分が口にした『いい方法』というものを、果たして、思いつけるのかどうかはわからなかった。

少女が凛を見つめ返し、涙の滴った顎《あご》を引き締めるようにして小さく頷《うなず》いた。

「ありがとう、先生。わたし……先生が大好き」

呟くように少女が言い、凛は何度か頷きを返しながら微笑んだ。

9

女性教師が帰るとすぐに、空を覆った灰色の雲から大粒の雨が滴り始め、すぐに土砂降りの雨になった。風も一段と強さを増したようだった。

ひとりきりの部屋で、千春は窓ガラスを激しく叩《たた》く雨音をぼんやりと聞いていた。

自分を思ってくれる女性教師の気持ちは嬉《うれ》しかった。けれど、これから先、事態が劇的に好転するとは思えなかった。こぼれてしまったミルクを瓶に戻すことは、誰にもできないのだ。

『チハ、お前の写真や動画をインターネット上にバラまいたぞ。嘘だと思うなら、今すぐに検索してみろ』

塩谷凌からそんなメールが届いたのは、千春が最後に彼のマンションに行った二日後の夕方のことで、千春は学校から自宅に戻ったばかりだった。

その瞬間、息が止まるほどの恐怖が千春に襲いかかった。

「嘘でしょ……嘘でしょ……嘘でしょ……」

手にしていたスマートフォンを机の上に投げ出し、千春は両手で胸を押さえて何度も呟いた。心臓が凄《すさ》まじいまでの鼓動を繰り返しているのがはっきりと感じられた。

随分と長いあいだ、千春は込み上げる吐き気に耐えながら、自室の床に茫然自失《ぼうぜんじしつ》の状態でうずくまっていた。もし、彼が言ったのが事実だとしたら、とんでもないことになるはずだった。

確かめるのが怖かった。それでも、千春はスマートフォンを手に取り、細かく震えている指先で、検索エンジンに自分の高校の名前と、彼が口にした『性の奴隷』というおぞましいキーワードを入力した。

そのことによってスマートフォンの画面に恐ろしい画像が次々と現れた。

いや、千春はすぐにスマートフォンを机の上に投げ出したから、それらの画像をはっきりと見たわけではなかった。けれど、間違いないようだった。

「そんな……そんな……」

千春は呻《うめ》いた。その直後に、胃がヒクヒクと痙攣《けいれん》し始めた。

すぐに凄まじいパニックが押し寄せて来た。

「あああーっ！　ああああああーっ！　あああああああーっ！　ああああああーっ！」

両手で髪を掻《か》き毟《むし》り、千春は大声を上げた。涙ですべてのものが霞《かす》んで見えた。

凄まじいまでのパニックは一時間ほど続いた。

ようやくパニックが治まったあとで、千春は込み上げる吐き気に耐えて塩谷凌に電話を入れた。流出させた画像のすべてを、彼に削除してもらうつもりだった。

もしかしたら、電話には出ないのではないか。

千春はそう危惧《きぐ》していた。だが、彼はその電話に出た。

『よう、チハ。見たか？』

楽しげな口調で彼が言った。

「ひどいわ。ひどい。ひどい。ひどすぎる……みんながあれを見たら、わたしはどうなると思ってるの？　ああっ、ひどいわ……ひどい……ひどい」

震える手でスマートフォンを握り締め、千春は呻くかのように繰り返した。

『俺に逆らうとどうなるか、これで思い知ったか？』

スマートフォンから勝ち誇ったかのような彼の声が聞こえた。

「今すぐに、削除して。みんなの目に触れる前に、すべてを削除して」

『削除してやってもいいぞ』

「本当？」

『ああ。でも、その代わり、こっちにも条件がある』

極めて横柄な口調で彼が言った。

「条件って？」

次々と溢《あふ》れる涙が、千春の顎の先から絶え間なく滴った。

『今すぐにここに来い。そして、ご主人様に逆らった罰を受けるんだ』

「罰って……何をするつもり？」

『まずは、ベッドに縛りつけてヴァイブレーターだな。ぶっといやつを、あそこだけでなく、ケツの穴にも突っ込んでやる』

彼が言い、千春は反射的に、そんなことをされている自分の姿を思い浮かべた。

それを思い浮かべるのは簡単だった。実際に、ベッドに俯《うつぶ》せに縛りつけられ、二本の疑似男性器を膣《ちつ》と肛門《こうもん》に同時に挿入されたことがあるからだ。

「いやよ……そんなのいや……いや……いや……」

呻くように千春は繰り返した。

『嫌なのか？　どうしてもできないのか？』

「いや……できない……できないわ……」

声を震わせ、千春は言った。

『そうか。だったら、勝手にしろ』

吐き捨てるかのように彼が言った。直後に、電話が切られた。

風雨はさらに強くなっていた。まるで嵐が来たかのようだった。

わたしは何て馬鹿だったんだろう。何て愚かだったんだろう。

これまでに、何十回、いや、何百回と思ったことを、今また千春は思った。

死んじゃおうかな？

ふと、千春は思った。自殺を考えたのは、生まれて初めてだった。

かつての千春には、死は忌まわしく、恐ろしいものに思われた。けれど、今、それは、この苦悩を一瞬にして消し去ることのできる、素晴らしい特効薬のようにも感じられた。

10

田代千春の自宅を出るとすぐに、叩きつけるかのような雨が降り始めた。まだ午後二時をまわったばかりだというのに、辺りは夕暮れ時のように暗くなり、行き交う車はどれもヘッドライトを点灯していた。

凛は車の中から学年主任に報告の電話を入れた。新しい学年主任は村田静子《むらたしずこ》という年配の女性だった。

「これから学校に戻ります」と言った凛に、学年主任が「きょうはそのまま帰っていいわ」と言ってくれた。「田代さんのことで加納先生もお疲れでしょうから、たまには早く帰ってゆっくりと休んでください」と。

今度の学年主任は気遣いのできる優しい女性だった。

車のルーフをやかましく打ち鳴らす雨の音を聞きながら、凛は田代千春の今後のことに思いを馳《は》せていた。

たとえまた別の転校先を探すとしても、そこに通う生徒たちもすでに千春のおぞましい画像の数々を目にしている可能性が高かった。だとしたら、転校するのは諦《あきら》め、通信制の高校を卒業して大学受験を目指すという方法もあるのではないか。

そんなふうに凛は考えていた。

夜になって雨はやんだ。強い北風も治まった。あしたは朝から晴れて、気温が上がることになっていた。

その夜、入浴と食事を済ませた凛は、急に強い孤独感と寂寥《せきりょう》感に見舞われた。

凛には時折、そんな夜が訪れる。強くあろうとしてはいたが、基本的には寂しがり屋なのかもしれなかった。

そういう時には黒猫に話しかけたり、猫じゃらしを使って猫と遊んだりすることで孤独感や寂寥感を紛らわせる。

けれど、入院中の黒猫がここに戻って来るのはあしたの晩の予定だった。

しばらく漫然と壁を見つめていたあとで、凛はふと思い立って机に向かった。そして、机の上のパソコンを立ち上げ、自分を脅している男へのメールを書いた。『一度会いたい』という内容のメールだった。

【鈴木】と名乗っている人物は、凛のパソコンに勝手に侵入し、そこからさまざまなものを盗み出した犯罪者だった。それだけでなく、凛に下着姿を撮影するよう強要し、その写真を見て楽しんでいる変質者だった。

それにもかかわらず、凛は彼に会ってみたいと思った。彼と向き合い、目の前にある彼の顔を実際に見ながら、いろいろなことを話してみたいと思った。

書き上げたメールを送る時には、かなり迷った。それでも、思い切って彼に送信した。

数分後に返信が来た。

『ありがとうございます。そんなふうに思っていただけて、涙が出そうなくらいに嬉《うれ》しいです。いや、実はもうわたしの目には涙が滲《にじ》んでいます。

わたしも先生にお会いしたい。でも、お会いすることはできません。

真っ当に生きて来た先生を、わたしは卑怯《ひきょう》な手段を使って脅しているのです。先生の意にかなわないことを無理強いしているのです。

そんなわたしには、先生に会う資格がありません。

ですから、これからも今までと同じようにお付き合いをさせてください。

勝手ばかり言って、本当にすみません。どうか、お許しください』

凛はそのメールを何度も繰り返し読んだ。

ふと窓の外に目をやると、嘘のように雲が消え去った夜空に、いくつもの星が瞬き、東の空の下のほうに三日月型をした大きな赤い月が浮かんでいた。

その月を見て、凛は旧約聖書のノアの方舟《はこぶね》を思い浮かべた。

第四章

1

始業式の日は真冬に逆戻りしたかのような寒さだったが、その後の季節は順調に春本番へと向かっていた。

田代千春とその両親に、凜は通信制の高校に進むことを提案した。母親は乗り気ではないようだったが、父親は凜の提案に賛成した。

自宅を訪れた凜がその話をすると、千春は迷っているような顔をした。それでも、「先生、いろいろと考えてくれてありがとう」と言って、力なく微笑んだ。少女はとても顔色が悪く、憔悴《しょうすい》し切った様子をしていた。

凜は四月から二年二組の担任をしていた。去年も凜は二年生の担任だった。その生徒たちは凜より十歳年下だったが、今度の生徒は十一歳年下だった。そんな生徒たちと一緒にいると、凜はまた自分が川の中に突き立ったまま朽ちていく杭《くい》になったような気がした。

その日、昼食を終えた凜は教職員用の食堂の片隅のテーブルで食後のコーヒーを楽しんでいた。五時限目は授業の受け持ちがなかったから、いくらかくつろいだ気分だった。

きょうもとても天気がよかった。窓から差し込む春の日差しが、板張りの床を明るく照らしていた。ピークの時間をすぎた食堂は閑散としていた。今もそこに残っているのは、ほんの数人の教師や職員だけだった。

ふだんの凜は英語科の三浦智佳と一緒に昼食をとる。けれど、きょうは彼女が風邪で休んでいるので、ひとりきりで食事をした。

コーヒーを飲みながら、凜はバッグからスマートフォンを取り出した。

凜はそれを使って、自分の下着姿を撮影していた。けれど、それを別にすれば、その道具は凜にとってはただの電話にすぎなかった。暇があればスマートフォンをいじっているような人たちの気持ちが、凜にはよく理解できなかった。

それでも、スマートフォンを取り出したのは、チアリーディング部の少女たちはラインやSNSで凜に連絡をして来るのが常だったからだ。

案の定、そこにはチアリーディング部の部長からの連絡が届いていた。放課後の部活動に関する連絡だった。

凜の友人や知人の多くは、スマートフォンを使っていたるところで写真を撮っていた。そういう写真をフェイスブックなどにアップするためだった。

けれど、凜は人の見ているところではめったにスマートフォンを手に取らなかった。自分が撮影した写真を大勢の人に見せるという行為が、自己愛や自己主張の強さをさらけ出すことのように思われたからだ。

凜にも『目立ちたい』という欲求はあった。けれど、『目立ちたがり屋』だと思われるのは嫌だった。奥ゆかしくて、控えめな女だと思われたかった。

そんな凜が自分の姿を撮影するようになったのは、今から二年半ほど前のことだった。切っ掛けは、友人の結婚式に着て行くために百貨店で購入した、ネイビーカラーのノースリーブのワンピースだった。

光沢のある絹製のそのワンピースは、ぴったりと体に張りつくようなデザインだった。裾《すそ》も際どいほどに短かったから、購入する時にはかなりためらった。

それでも、若くてハキハキとした女性店員に、「お客様はスタイルが抜群だし、脚もとてもお綺麗《きれい》ですから、これがお勧めです」と強く言われ、思い切って購入した。

同じ日に同じ百貨店の婦人靴売り場で、凜はそのワンピースに似合いそうなパンプスも一緒に買った。立っているだけで疲れてしまいそうな、とても踵《かかと》の高いパンプスだった。

あの日、自宅に戻った凜はさっそくそのワンピースを身につけ、パンプスを履いて鏡の前に立ってみた。

これがわたし？

鏡の中の女を、凜はまじまじと見つめた。その女は凜の目にもとてもチャーミングに映った。ファッション誌から抜け出て来たモデルのようだった。

ちょっと写真に撮ってみようかな。

ふと思い立った凜は、スマートフォンを取り出し、鏡に映った自分を撮影し始めた。

最初は顔も体も強《こわ》ばっていた。けれど、部屋に響くシャッター音を耳にしているうちに、凜の全身に自己愛のような感情が広がっていった。

カシャッ……カシャッ……カシャッ……カシャッ……。

やがて、凜は熱に浮かされたようになって、体に張りつくようなミニ丈のワンピースを脱ぎ捨てた。そして、今度はブラジャーとショーツと、ハイヒールのパンプスだけを身につけた自分の姿の撮影を始めた。

わたし、いったい何をしてるんだろう？

そんな思いが頭をよぎった。けれど、やめることはできなかった。

凜は夢中で撮影を続けた。髪を掻《か》き上げたり、体をくねらせたり、腕を頭上に掲げたり、ベッドに腰かけたり、そこに寝そべったり、四つん這《ば》いになってみたりしながら、我を忘れて撮影を続けた。

シャッター音が響くたびに、心と体が解き放たれて自由になっていくような気がした。

下着姿の撮影を習慣的に行うようになったのは、それが切っ掛けだった。

スマートフォンを眺めていた凛は、背後からの体臭を感じて振り向いた。

驚いたことに、そこに数学教師の石黒達也が立って、こちらをじっと見つめていた。

「あの……何かご用ですか？」

慌ててスマートフォンを隠して凛は訊《き》いた。

「いや、特に用はないんですが、たまには加納先生とゆっくりと話ができればと思いましてね」

熊のように毛深い数学の教師が、凛の全身をジロジロと見まわしながら言った。

男がすぐに立ち去ることを凛は願った。けれど、彼はその場から動かず、どうでもいいようなことを話し始めた。

適当な相槌《あいづち》を打ちながら、凛は彼が立ち去ってくれることを願い続けた。

彼の顔はきょうも赤らんでいて、ギトギトと脂ぎっていた。頬や鼻では毛穴がひどく開いていた。

2

凜がスマートフォンを紛失したのは、その翌日のことだった。

二時限目の授業を終えた凜が職員室に戻ると、チアリーディング部の部長からの連絡がスマートフォンに届いていた。凜はそれに返信し、スマートフォンを机の上に置いたままトイレに行った。けれど、トイレから戻ってみると、ついさっきまで机の上にあったスマートフォンが消えていた。

凜はパニックに陥った。黒猫の命を助けてもらってお礼にと【鈴木】に送った写真が、スマートフォンに残っていたからだ。それらの多くは胸を剝《む》き出しにした写真だった。どうしてあんな写真をスマホに残しておいたんだろう？　ああっ、何て迂闊《うかつ》なことをしたんだろう？

机の上に置きっ放しにしたというのは、わたしの勘違いなのではないだろうか？

そう考えた凜は、机の引き出しや鞄《かばん》の中を探した。無意識のうちにトイレに置き忘れたのかもしれないと思って、トイレも入念に探した。

けれど、やはりスマートフォンは見つからなかった。

「どうしたの、凜？　何かあったの？」

凜がうろたえながらスマートフォンを探していると、三浦智佳がそう話しかけて来た。

「ここに置いたはずのスマホがなくなっているの」

ひどく顔を強ばらせて凜は言った。

「確かにそこに置いたの？」

三浦智佳が疑わしげな顔で凜を見つめた。

「うん。そうだと思う。でも……なくなってるの」

「とにかく、電話してみなよ」

「電話？　どこに？」

「だから、凜のスマホによ」

じれったそうに三浦智佳が言い、凜は不安と恐怖におののきながら、机の上の固定電話から自分のスマートフォンに電話を入れた。自分でもはっきりとわかるほどに手が震えていた。

数回の呼び出し音のあとに、女の声が『事務局です』と落ち着いた口調で応答した。

「国語科の加納です。あの……それ、わたしのスマホなんです」

『加納先生のだったんですね。はいはい、ここにちゃんと保管してありますよ』

事務局の女性が明るく言った。笑っているようだった。

「あの……わたしのスマホがどうして事務局にあるんでしょう？」

『加納先生が落とされたんだと思いますよ』

事務局の女性職員が言うには、教職員用の通用口の掃除をしていた清掃員が、そこに落ちていたスマートフォンを見つけて事務局に届けたということだった。

「凜って、見かけによらず、おっちょこちょいなんだね」

電話を切った凜に三浦智佳が笑いながら言い、凜は顔を強ばらせながらも笑った。

事務局員の説明は凜には解せなかった。それでも、すぐに事務局に行き、紛失したスマートフォンを受け取った。

「加納先生、無事に見つかってよかったですね」

受取書にサインをしている凜に、中年の事務局員がにっこりと微笑みながら言った。

「しっかり者の加納先生らしくないですね。大切なものですから、気をつけてくださいね」

「はい。気をつけます。お手数をおかけしました」

凜はそう言って微笑んだけれど、心の中にはもやもやとしたものが残った。

その日、一日の最後の授業を終えて職員室に戻った凜に、数学教師の石黒達也が話しかけて来た。

「加納先生、お忙しいとは思いますが、これからちょっとだけお時間をいただけませんか？　とても大切な話があるんです」

石黒が真剣な顔をして凜を見つめた。彼の体からは、今も顔を背けたくなるような体臭が立ち上っていた。

「大切な話って、何ですか？　わたし、これから体育館でチアリーディング部の活動を見なくてはならないんですけど……ここで話すことはできないんですか？」

大柄な石黒を見上げるようにして凜は訊いた。

経験のない凜が部員たちに指導できることは何もなかった。それでも、万一の事故などに備えて、部活動のあいだは少女たちと一緒にいるというのが顧問の役割だった。

「ここでお話しするのは、ちょっと……とても大切な話なんです」

石黒が意味ありげに辺りを見まわした。「第三面談室を押さえてあります。僕は先に行っていますから、加納先生も手が空いたらすぐにいらしてください」

にこりともせずに石黒が言い、凜は強い胸騒ぎを覚えた。

高校の面談室は第一から第六まであって、いずれも職員室からすぐのところに位置していた。面談室のドアにはそれぞれホワイトボードが掛けられていて、第三面談室のドアのホワイトボードには、『数学、石黒　16:00～17:00』とへたくそな文字で書かれていた。

凜がそのドアを開けると、長テーブルを挟むように置かれた四つの椅子のひとつに、数学の教師が難しい顔をして座っていた。

第三面談室は六畳ほどの狭い部屋だった。窓を閉め切ったその室内に、石黒の体から放たれている悪臭が噎《む》せ返るほど強く立ち込めていた。

「話って何でしょう？　手短にお願いします」

　太い腕を胸の前で組んでいる石黒に、凜は事務的な口調で言った。

「手短にできるか、長い話になるのかは加納先生次第です。そこにお座りください」

　ドアのところに立っている凜を見つめた石黒が、相変わらず、難しい顔をして言った。

「あの……それはどういうことでしょう？」

　石黒の向かいの椅子に腰を下ろしながら凜は尋ねた。

「加納先生、これをご覧になってください」

　石黒がスマートフォンを取り出し、凜の目の前でそれを操作し始めた。彼の指や手の甲、手首には、黒い剛毛が密生していた。

「何なんですか？　わたし、本当に急いでいるんです」

「そう焦らないでください。話はこれを見てもらってからです」

　落ち着き払った口調でそう言うと、石黒が手にしたスマートフォンの画面をゆっくりと凜のほうに向けた。

　それを目にした瞬間、凜の全身の筋肉が凍りついた。あろうことか、石黒のスマートフォンの画面に凜がいたのだ。黒い合成樹脂製のショーツを穿《は》き、小ぶりな乳房を剝き出しにし、濃く化粧された顔に誘うような笑みを浮かべている凜だった。

3

「どうして……石黒先生がそんなものを……」

息苦しさに喘《あえ》ぎながら凜は訊《き》いた。けれど、理由ははっきりしていた。

そう。凜の机の上からスマートフォンを盗んだのは、目の前に座っている毛深い男だったのだ。その色黒の男が、凜の画像の数々を自分のスマートフォンに転送してから、教職員用の通用口の床に放置したのだ。

「いやーっ、驚きました。これほど驚いたのは、生まれて初めてです。清楚《せいそ》で真面目な加納先生には、こんな一面があったんですね」

値踏みでもするかのような目で、石黒が凜を見つめた。

「返してっ！」

凜は石黒からスマートフォンをひったくろうとした。けれど、その前に石黒が素早く手を引っ込めた。

「思った通り、胸は小さいんですね。でも形は悪くない。触りたくなります」

「消去して……今すぐに、その写真を消去して……」

声をひどく震わせて凜は訴えた。

「消去してもいいですよ。もうこの写真は、僕の自宅のパソコンだけでなく、ストレージにも転送しましたからね」

ギョロリとした目で凜を見つめた石黒が、勝ち誇ったかのような顔をして言った。彼がその太い指でスマートフォンの画面をなぞるたびに、そこに新たな凜の写真が現れた。どれも凜が自室で撮影した下着姿の写真だった。

「いやあ、どれもすごくエロティックですね。いったい、これは誰が撮影したんですか？　加納先生本人ですか？　それとも、彼氏に撮影してもらったんですか？」

石黒がまた笑った。とても下品な笑みだった。

「彼氏なんていません。わたしが……あの……自分で撮りました」

喘ぐように凜は言った。声が一段と震えた。

「どの写真も本当にエロいや。うん。エロい。エロすぎる。この写真を生徒や保護者たちが見たらどう思うでしょうね？　教頭や校長は腰を抜かしますよ。男子生徒は間違いなく、マスターベーションに使うでしょうね」

スマートフォンの操作を続けながら、石黒がにやにやと笑い続けた。

「いったい……何が……目的なの？」

叫び出したい気持ちを必死で抑えて凜は訊いた。

「僕の目的はただひとつ、加納先生の体です」

スマートフォンから視線をあげた石黒が、凜の目を真っすぐに見つめた。

「体って……」

「僕に加納先生を抱かせてください」

石黒が椅子から腰を浮かせ、凜のすぐ脇に立った。そして、毛むくじゃらの手を凜の肩に乗せ、骨張ったそこをゆっくりと揉《も》みしだき始めた。

男に触れられた瞬間、強烈な嫌悪感が生まれ、凜の全身に鳥肌が立った。けれど、凜は男の手を振り払わなかった。

「これは脅迫です。警察に通報します。いいんですか？　そうなったら、石黒先生、教師としてのあなたの人生は終わりです」

馴《な》れ馴れしく肩を揉んでいる男を睨《にら》みつけるかのように見つめ、できるだけ毅然《きぜん》とした口調で凜は言った。

「そうですね。加納先生が通報したら、教師としての僕は終わりになるでしょうね。でもね……そうなった時には、僕はこの写真をバラまきます。加納先生、それであなたのキャリアも一巻の終わりです」

男が凜の肩に乗せた手を移動させ、今度はうなじの辺りにじかに触れ、そこをゆっくりと撫《な》で始めた。

凜は身を強《こわ》ばらせたが、やはりその手を振り払いはしなかった。動悸《どうき》の発作が起きたかのように、心臓が猛烈に鼓動していた。

「清楚そうに見えても、加納先生は処女じゃないんでしょう？　だったら、抱かせてください。僕に抱かれたからといって、どうなるものでもないでしょう？」

ざらついた掌《てのひら》で凛のうなじを執拗《しつよう》に撫で続けながら、男が嫌らしく笑った。

その男に抱かれる？　その男に胸を揉みしだかれ、男性器を突き入れられる？

一瞬、その様子を想像してしまい、凛はゾッとなって身震いした。

「できません……そんなことは……そんなことは、断じてできません」

首を左右に振りながら、凛は振り絞るかのように声を出した。

「ふーん。そうなんですか？　それなら、先生のエロ写真を生徒と保護者と、全教職員に送りつけます。脅しじゃありません。僕は本気です」

そう言いながら、男がブラウスの襟元から指を差し込んできた。

今度はその手を払いのけ、凛は飛び跳ねるかのように椅子から立ち上がった。

「あなたって、最低の男ね。軽蔑《けいべつ》するわ」

強い口調で凛は言った。脚がひどく震えていた。

「いくらでも軽蔑してください。軽蔑されることには慣れていますから」

楽しげな顔をして男が笑った。「どうします、加納先生？　僕に抱かれますか？　それとも、エロ写真をバラまかれますか？　僕はどっちでもいいですよ」

「あの……考えさせてください。少しだけ……少しだけ時間をください」

体を震わせながらも、凛は挑むような視線を男に向けた。

「わかりました。考える時間を差し上げましょう。でも、長くは待てません。一両日中に返事を聞かせてください。いいですね？」

相変わらず、とても楽しげな顔をして男が言った。

凜は顔を強ばらせて頷《うなず》いた。そして、「わたし、これから部活なんで、失礼します」と言ってから、面談室のドアへと向かった。

4

国語科の女性教師が立ち去り、面談室にいるのは彼ひとりになった。

石黒達也は自分のスマートフォンを手に取り、そこに保存されている女性教師のエロティックな写真の数々をゆっくりと眺めた。

きのう昼食に行った教職員用の食堂の片隅に、石黒は加納凜の華奢《きゃしゃ》な後ろ姿を見つけた。彼女はたいてい、英語科の三浦智佳と一緒に食事をしている。けれど、きのうの加納凜はひとりだった。

加納凜はスマートフォンを手にしていた。それはとても珍しい光景に感じられた。

石黒は暇さえあればスマートフォンを手にしている。ほかの教職員の多くもそうだったし、生徒たちもそうだった。

けれど、加納凜はめったにスマートフォンを手にしなかった。それはまるで、スマートフォンを操作しているところを見られるのを、恥ずかしいと感じているかのようだった。

とにかく、きのうの昼休み、加納凜はほっそりとした指を動かしてスマートフォンを操作していた。どうやら誰かにメールを送信しようとしているようだった。

彼女のスマートフォンを盗み見てみたい。どんな者たちが彼女に連絡を入れているのか、そこにどんな写真が保存されているのか、それを覗《のぞ》き見してみたい。

その瞬間、突如として石黒はそれを切望した。

やがて、女が振り向いた。

「あの……何かご用ですか？」

スマートフォンを隠すようにして加納凜が訊《き》いた。

「いや、特に用はないんですが、たまには加納先生とゆっくりと話ができればと思いまして」

石黒はそう答えながらも、どうしたら彼女のスマートフォンを盗み見ることができるだろうと考えた。その時にはすでに、どうしても盗み見なければ気が済まないような気持ちになっていた。

けれど、その機会は意外なほどあっさりとやって来た。机の上にスマートフォンを置いたまま、加納凜が職員室を出て行ったのだ。

精一杯のさりげなさを装いながら、石黒は加納凜の机に歩み寄った。そして、素早く辺りを見まわしてから、猛烈に心臓を高鳴らせながら、それをジャケットのポケットに素早く押し込んだ。

その直後に、石黒は教職員用の男子トイレへと向かい、トイレの個室で加納凜のスマートフォンを開いてみた。まずはフォトギャラリーで画像や映像を見るつもりだった。それほど大きな期待をしていたわけではなかった。けれど、画面に現れたのは、目を疑うような画像の数々だった。

熊本県出身の石黒達也は、加納凜より三つ年上の三十歳だった。彼の父は熊本港で荷物の積み降ろし作業に従事していた。母親は同じ熊本港にある大衆食堂で働いていた。父は石黒のふたりの兄は高校を卒業すると、ふたりとも父と同じ職場で働き始めた。三男である石黒にも、自分や兄たちと同じ道を歩ませるつもりのようだった。けれど、石黒は両親や兄たちのように生きたいとは思わなかった。たった一度しかない人生を、両親や兄たちがひどく無駄にしているように思われたのだ。

父の趣味はパチンコと酒を飲むことだった。母のそれはテレビを見ることと、近所の女たちとお喋《しゃべ》りをすることだった。まるで父を見習ったかのように、成人するとふたりの兄たちはどちらもパチンコに夢中になり、夜は毎日のように飲み歩いていた。

なんて馬鹿馬鹿しい人生なんだろう、と石黒は思った。

そう。彼らの毎日は無価値だった。重い荷を引いて一生をすごす馬車馬と同じだった。両親や兄たちのようにはなりたくない。

中学生だった頃から、石黒はそう思っていた。

高校三年になった時、彼は父に「大学に行きたい」と訴えた。けれど、子供の教育に無関心な父はいい顔をしなかった。母もそうだった。

「どうしても大学に行くなら、その金は自分で何とかしろ」

突き放したような口調で父は言った。

しかたなく、石黒は新聞社の奨学生となり、新聞配達をしながら都内の大学に通った。朝夕に新聞を配りながら勉強をするのは楽ではなかった。集金にまわるのも大変だった。真冬の朝は、寒さに凍えた。真夏の夕刊の配達では、何度も熱中症になりかけた。勉強する時間が満足に取れないことも辛《つら》かった。

畜生、どうして俺だけが？

何度となく、彼は思った。

それでも、石黒は歯を食いしばって新聞配達を続け、睡魔と戦いながら必死で勉強した。いつか、みんなを見返してやるつもりだった。

石黒が初めて女と肉体関係を持ったのは、大学を出て都内の予備校での勤務を始めたばかりの時で、相手はひとつ年下のソープランドの従業員だった。

店での名をアリサといった。美しくてスタイルも抜群のアリサに、石黒は夢中になった。アリサもまた彼のことを、『好みのタイプ』と言ってくれた。女性からそんな言葉をかけられたのは、生まれて初めてだった。

最低でも週に一度、多い時には二度も三度も彼は店に通った。彼が訪れると、アリサはとても喜び、やがて、本名を教えてくれた。『岸田千尋《きしだちひろ》』というのがその名前だった。

けれど、ソープランド通いにかかる費用はかなりのもので、石黒はたちまちにして金に窮するようになった。彼は金融機関からの借金を繰り返したが、それにも限度があった。

通帳の預金残高がなくなり、新たな借金のメドもつかなくなったある日、彼は岸田千尋に電話をし、もう店に通う金がないという話をした。そして、これからは客としてではなく、ひとりの男として自分と付き合ってくれないかと言った。

千尋が喜んで、応じてくれるはずだと思った。けれど、千尋から戻って来た言葉は、耳を疑うようなものだった。

『石黒さん、それは無理よ。ごめんなさい。またお金が貯まったら来てね』

石黒は彼女を説得しようとした。けれど、その前に電話が切れた。

その後の石黒は、顔の綺麗《きれい》なすべての女に不信感を抱くようになった。どんなに綺麗な顔をしていても、心の中では何を思っているか、わかったものではなかった。

けれど、去年の四月にこの高校での勤務を始め、加納凜を目にした瞬間、美しい女に対するこれまでの気持ちが、自分でも驚くほどに変化した。

加納凜は美しかった。けれど、その美しさを隠そうとするかのように、いつも地味な装いをしていた。化粧もうっすらとしかしていなかった。それはまさに、山奥で人知れず花を広げる桜のようだった。

石黒が知っている多くの女たちとは違い、加納凜は淑《しと》やかで、奥ゆかしかった。無口だったし、出しゃばることは絶対になかったが、芯《しん》はしっかりとしていて、誰に対しても言うべきことはきちんと言った。

こんな人と残りの人生をすごしたい。

彼はそれを切望した。

それからの石黒は人目も憚《はばか》らず、加納凜へのアタックを始めた。けれど、残念なことに、加納凜には石黒の気持ちを受け入れるつもりがまったくないようだった。

だが、今、加納凜を手に入れるチャンスが訪れた。

もはや、愛されることは望んでいなかった。今の彼の望みはただひとつ、夜ごとに想像の中でしているように、憧《あこが》れの女を徹底的に陵辱することだった。硬直した男性器で華奢な体を滅茶苦茶《めちゃくちゃ》に貫き、その口から淫《みだ》らな声を上げさせることだった。

5

第三面談室を出た凜は、夢遊病者のようにふらふらと体育館へと向かった。

どうして、あんな写真をスマートフォンに残しておいたんだろう？　どうして、机に置いたままトイレに行ったりしたんだろう？　どうして？　どうして？　どうして？

　そんな思いが頭の中をぐるぐると駆け巡った。

ようやく体育館にたどり着いた凜は、部員たちに挨拶《あいさつ》をしてから、いつものように椅子に腰かけて女子生徒の練習風景を眺めた。けれど、心は上の空で、少女たちに話しかけられても、とっさにはまともな返事ができなかった。

もし、体の関係を拒んだら、石黒達也はわたしの写真をバラまくのだろうか？　本当にそんなことをするのだろうか？

いくら何でも、そこまではしないような気がした。けれど、絶対にしないとは言いきれなかった。

一度だけという約束で、彼に体を許したら？

今度はその時のことを、凜は想像してみた。だが、その様子を思い浮かべただけで、強烈な吐き気が込み上げて来た。

「先生、大丈夫ですか？　きょうは何だか、すごく顔色が悪いですよ」

この四月からチアリーディング部のキャプテンになった栗山美花《くりやまみか》が、心配そうな顔で凛に訊いた。

「ごめんなさい。ちょっと心配事があっただけ。でも、大丈夫よ。ありがとう」

栗山美花の可愛らしい顔を見上げて、凛はぎこちなく微笑んだ。


チアリーディング部員の練習風景をぼんやりと眺めていると、バッグの中のスマートフォンがまた震え始めた。

実は、第三面談室で石黒達也と向き合っていた時にも、膝《ひざ》に置いたバッグの中でスマートフォンが何度も振動していた。けれど、あの時は、その電話に出ようという気持ちにはどうしてもなれなかった。今もそうだった。

バッグの中のスマートフォンは、いったんは振動をやめた。けれど、五分としないうちに、またブルブルと震え始めた。

軽い苛立《いらだ》ちを覚えながらも、凛はバッグからスマートフォンを取り出した。

スマートフォンの画面には『田代千春』と表示されていた。

電話に出るべきだとわかっていた。田代千春は凛に助けを求めているのだ。

けれど、凛がしたのは、手の中で振動を続けているスマートフォンを見つめることだけだった。

田代さん、許して。わたし、今は相談に乗れるような精神状態じゃないの。

振動を続けているスマートフォンを見つめ、凜はかつての教え子に心の中で謝罪した。

その直後に、スマートフォンの振動が止まった。

6

玄関の開く音が聞こえ、廊下を歩くスリッパの音が聞こえた。母が歯科医院から帰宅したのだ。

足音はどんどん近づいて来て、千春の部屋の前を通った。けれど、母は足を止めなかった。千春に声をかけることもなかった。

「お母さん、お帰りなさいっ！」

ドアに向かって千春は叫ぶように声をかけた。

母の耳には、その声が届いているはずだった。けれど、返事は戻って来なかった。すぐにダイニングキッチンのドアが開けられる音がし、それが閉められる音が聞こえた。

ドアを見つめて千春は唇を嚙《か》み締めた。

転校先の学校の始業式の日、自宅に逃げ帰った千春は、あしたからはもう通学できない、と母に言った。新しい学校でもみんなが自分のことを知っているから、と。

きっとまた、ヒステリックにわたしを怒鳴りつけるのだろう。もしかしたら、暴力を振るうかもしれない。

千春はそう予想していた。

けれど、母は怒鳴らなかった。千春を平手でぶつようなこともしなかった。

「そう？　だったらもう、どうしようもないわね」

千春の顔も見ずに、突き放したような口調で母が言った。

「どうしようもないって……お母さん、わたし、これからどうしたらいいの？」

縋《すが》るように母を見つめて千春は訊《き》いた。

けれど、母から戻って来た言葉は、思いもよらないほど冷たいものだった。

「自分で蒔《ま》いた種なんだから、好きなようにしたらいいわ。お母さんに内緒で、得体の知れない男にこそこそと会っていた罰よ。お母さんはもう知らない。これ以上、あんたなんかのことで頭を悩ませたくないの。こんな下劣なことには、もう関わりたくないの」

その言葉に、千春は怒鳴りつけられた時以上のショックを受けた。

それからの母は、千春の顔をまともに見ようとしなかった。千春が何かを話しかけても、ちゃんとした返事もしてくれなかった。

父は母ほどには露骨な態度を取らなかった。それでも、父も母と同じように感じているのかもしれなかった。

千春は窓辺に歩み寄り、一日中閉め切ったままのカーテンをそっと開けてみた。

窓の外はすっかり暗くなっていた。空には月が浮かび、いくつも星が瞬き始めていた。

「加納先生……どうして電話に出てくれないの？　先生もわたしを見捨てるの？」

千春は誰にともなく呟《つぶや》いた。千春が加納凜にきょう最初の電話をしたのは、午後四時を少しまわった頃だった。その時間なら手が空いているのではないかと思ったのだ。

加納凜はその電話に出なかった。

すぐに、折り返し、電話がかかって来るはずだ。千春はそう考えていた。けれど、それから、すでに三時間近くがすぎた今になっても、加納凜は電話をくれなかった。

加納凜の声が聞きたかった。彼女に『大丈夫よ、田代さん』と言ってもらいたかった。できることなら、またここに来て強く抱き締めてもらいたかった。

先生、出て。電話に出て。わたしに声を聞かせて。

そう願いながら、千春はまた加納凜のスマートフォンを鳴らした。

けれど、彼女は今度も、その電話に出なかった。

どうして電話に出てくれないの？　どうして電話をくれないの？　先生も、わたしを鬱陶《うっとう》しいと思っているの？　お母さんと同じように、先生もわたしを見放したの？

そう考えると、絶望感が体いっぱいに広がっていった。

千春の部屋のクロゼットの上の部分の空間には、幅三センチほどの木製の横桟が平行に並んで取りつけられていた。クロゼットと同じ色の、白くて頑丈そうな桟だった。九本並んだその横桟の向こうに、エアコンの吹き出し口があるのだ。

千春は椅子の上に立って、その横桟に二重にしたロープを結びつけた。自宅の物置にあった白いナイロン製のロープで、登山が趣味だった父が、ずっと前に近所のホームセンターで購入したものだった。

木製の横桟にそのロープの一端をしっかりと縛りつけると、ロープの反対側を輪のような形に結んだ。そして、その輪の中に頭をすっぽりと潜らせてから、ロープに弛《たる》みがないかを確認した。

大丈夫。横桟と千春の首は、ピンと張り詰めたロープで結ばれていた。このまま足元の椅子を蹴《け》倒《たお》せば、千春の体は宙吊《ちゅうづ》りになり、首が絞まって窒息死するはずだった。

そう。千春は死ぬつもりだった。すべての苦悩を一瞬にして消し去ることのできる特効薬を服用するつもりだった。机の上には、両親と加納凜に宛てたメモが置いてあった。

「死ぬのよ、千春。そうすれば、もう悩まなくていいのよ。泣かなくていいのよ」

怯《おび》えている自分に言い聞かせるかのように、千春は声に出して言った。死を望んでいるはずなのに、込み上げる恐怖に全身が震えていた。

「死ぬのよ。椅子を倒すの。そうすれば、あっという間に楽になれるのよ」

千春は再び声に出して言った。

声に出したのは、母に気づいてもらいたかったからなのかもしれなかった。

けれど、ダイニングキッチンから母が出て来る様子はなかった。

短距離を全力疾走した直後のように、心臓が音を立てて鼓動していた。口の中はカラカラで、掌《てのひら》は滲《にじ》み出た脂汗でひどくぬめっていた。

ああっ、ダメだ。できない。やっぱり、怖い。怖い。怖い。

怖《お》じ気《け》づいた千春は、ロープの輪の中から首を出そうとした。

だが、その瞬間、震えている足が椅子を踏み外し、足元の椅子が大きな音を立てて倒れた。直後に、首にナイロン製のロープが深々と食い込み、息が完全に止まった。

「ぐっ！　うぐっ！」

千春は頭上のロープを握り締め、足を猛烈にばたつかせてクロゼットを強く蹴りつけた。どん、どん、どん、どんという大きな音が、室内に何度も響き渡った。

お母さん、助けてっ！　助けてっ！

襲いかかる苦痛と恐怖の中で、千春は必死に叫んだ。

けれど、それは声にはならず、「ぐぐっ。ぐぐぐっ」という呻《うめ》きが出ただけだった。

漏れた尿がショーツを濡《ぬ》らし、腿《もも》の内側を伝うのがわかった。

いやっ。死にたくない。死にたくない。

千春は頭上のロープを両手で摑《つか》み、懸垂をするかのように体を引き上げた。

そのことによって、いくらかは息ができるようになった。

「お母さんっ！　助けてっ！　お母さんっ！　お母さんっ！」

頭上のロープを握り締めたまま、千春は必死の叫びを上げた。

ダイニングキッチンのドアが開く音がし、スリッパの足音が駆け寄って来た。

けれど、母はドアを開けられなかった。千春が鍵《かぎ》をかけていたからだ。

「どうしたの、千春？　何があったの？　開けなさいっ！　このドアを開けなさいっ！」

部屋のドアを激しく叩《たた》きながら叫ぶ母の声がした。

「助けてっ！　お母さんっ！　助けてっ！　助けてっ！」

宙吊りになりながら、千春は必死に叫び続けた。

懸命に脚を伸ばし、足元に倒れている椅子を引き寄せた。そして、何とかそれを元通りに立てようとした。

けれど、それはうまくいかなかった。

「お母さんっ！　早く来てっ！　早くっ！　早くっ！」

千春はまた叫んだ。

けれど、母は入って来なかった。ドアノブを摑んで、ガタガタとさせているだけだった。

やがて、筋力のない腕が体重を支えきれなくなり、千春の体はずるずると下がり始めた。

そのことによって、再び首が絞まり、呼吸が遮られた。千春は必死の懸垂を試みたが、もう力は残っていなかった。

息苦しさに、千春は悶《もだ》えた。頭蓋骨《ずがいこつ》の中で脳が膨張していくような気がした。

やがて目の前が暗くなり始め、すぐに何も見えなくなった。

ダメだ……もうダメだ……。

こんなことをしてしまったことを後悔しながら、千春はついにロープから手を離した。

「ぐっ……げっ……」

千春の意思とは無関係に、断末魔の呻きが漏れた。その直後に、意識が急激に薄らいでいった。

7

茫然自失《ぼうぜんじしつ》の状態で帰宅した凜は、全快して自宅に戻って来た黒猫との抱擁を早めに切り上げ、すぐにパソコンから【鈴木】にメールを送った。スマートフォンを盗んだ同僚教師に脅されているが、どう対処したらいいだろうという相談のメールだった。

自分がしていることはお門違いだと感じてもいた。【鈴木】がしたことも、彼が凜に求めたことも、石黒と五十歩百歩のように思われたのだ。

それでも、凜が彼にメールをしたのは、ほかに相談できるような人がいなかったからだった。凜はこれまで田代千春についても【鈴木】に何度か相談していた。

【鈴木】からの返信はすぐに届いた。彼はひどく驚き、凜の身を心から案じていた。

『加納先生、申し訳ありません。こんなことになってしまったのは、すべてわたしのせいです。わたしが先生にあんな写真を撮るように依頼したからです。何と言ってお詫《わ》びしていいか、わかりません。本当に申し訳ありません。許してください』

メールを送った直後には、彼への怒りや憎しみが再燃しかけていた。けれど、謝罪されたことによって、その気持ちは消えていった。

その同じメールで、【鈴木】は凜に、警察に通報してはどうかと提案していた。

随分と長いあいだ、凜はパソコンの画面を見つめていた。もし通報したら、事態がどんなふうに推移するのかを考えていたのだ。

やがて、凜は再びキーボードを叩き、再び【鈴木】にメールを送った。

『そんなこと、できない。そんなことをしたら、あの写真を見られちゃう』

すぐにまた【鈴木】からの返信があった。

『男性の警察官には関わってもらいたくないと言ったらどうでしょう？　強く言えば、きっと女性警察官が対応に当たってくれるはずです』

机の下にうずくまっている黒猫の体を足で愛撫《あいぶ》しながら、凜もすぐに返信をした。

『男でも女でも同じよ。わたしはあの写真を誰にも見られたくないの』

数分後に【鈴木】がまたメールをして来た。

『加納先生、石黒達也という男のメールアドレスはわかりますか？　パソコンとスマートフォンの両方です』

『パソコンはわかるわ。スマートフォンのアドレスは知らないけど、訊《き》けば教えてくれるかもしれない。でも、そんなものを知ってどうするの？』

『彼のパソコンとスマートフォンに侵入して、先生の写真を消去するんです』

『そんなことができるの？』

凜はすぐに返信をした。藁《わら》にも縋《すが》るような気持ちだった。

『できるかどうかは、わかりません。その男はストレージにも先生の写真を保存してあるということですから、よっぽどの幸運が訪れない限り、できないと思います。ですが、やってみる価値はあるはずです。わたしの責任ですから、全力を尽くします。先生は石黒という男の情報を、できるだけたくさんわたしに伝えてください。情報は多ければ多いほど助かります』

凜はまたすぐに【鈴木】へのメールを打った。

『わかりました。鈴木さん、よろしくお願いします。彼のメールアドレスや、そのほかの情報はすぐに調べて、鈴木さんにお伝えします。どうぞ、よろしくお願いします』

メールの送信を終えると、凜はパソコンの画面を無言で見つめた。無機質なその画面の向こうに、特徴に乏しい【鈴木】の顔が見えるような気がした。

鈴木さん、頑張って。わたしの写真を取り返して。

足裏で黒猫を撫《な》で続けながら、テレパシーを送ろうとでもいうかのように、凜は心の中で彼に語りかけていた。

8

翌朝、出勤した凜は職員室で、教頭の水島から田代千春の自殺を聞かされた。

その瞬間、脳天を鈍器で殴りつけられたかのような衝撃を感じた。直後に、全身から一気に力が抜け、頭の中が真っ白になった。

「そんな……そんなこと……信じられません」

呻くように言いながら、凜はそばにあった椅子に崩れ落ちるかのようにうずくまった。

「今朝、田代さんのお父さんから学校に連絡がありました。彼女はゆうべ、自分の部屋で首を吊《つ》って亡くなったようです」

脂ぎった顔に苦渋の表情を浮かべた教頭が、呟《つぶや》くような小声で凜に告げた。

「ああっ、教頭先生、どうしよう？　どうしよう？」

凜はすぐ脇に立ち尽くしている教頭の顔を見上げた。その顔が涙でぼんやりと霞《かす》んで見えた。「わたしのせいです。きのう、田代さんから何度も電話をもらったのに……わたし、その電話に出なかったんです。ああっ、どうしよう？　とんでもないことをしてしまった……取り返しのつかないことをしてしまった」

絞り出すかのように、凜は言葉を続けた。目の縁を越えた涙が、化粧っけのない頬を絶え間なく伝った。

田代千春が死んだ。たった十七歳で自らの命を絶った。追いつめられ、行き場をなくし、絶望の果てに死んだ。

ましてや、彼女は凜に助けを求めて来たのだ。彼女にとっては、凜が最後の命綱だったのだ。

そう考えると、自分を責めずにはいられなかった。

「わたしのせいです。わたしが田代さんを死なせてしまったんです。助けられたかもしれないのに……ああっ、どうしよう？　わたしのせいだ。わたしのせいだ」

そこまで言うと、凜は両手で顔を覆い、辺り憚《はばか》らずに声を上げて泣いた。

辺りにいた何人かが、こちらに歩み寄って来るのがわかった。彼らの声も聞こえた。

「加納先生のせいじゃありません。そんなことは、誰ひとり思っていません。先生は田代さんのために充分やりました」

頭上から教頭の声が聞こえた。

彼の目にも涙が浮かんでいた。凜を取り囲んだ教師たちの何人かも目を潤ませていた。

けれど、顔を覆って号泣していた凜には、彼らの涙を見ることはできなかった。

きょうの凜は午前と午後に四時間の授業を受け持っていた。けれど、教頭に頼んで、そのすべてを休ませてもらった。とてもではないが、授業をできる精神状態ではなかった。

電話に出ていれば……そうすれば、田代さんを死なせずに済んだかもしれないのに。

時間を巻き戻せたらいいと、今ほど強く思ったことはなかった。

午前中に、私服の警察官が三人でやって来た。その中のひとりは、凜と同じくらいの年の女性警察官だった。相変わらず、涙ぐみながらも、凜は第一面談室で教頭の水島と学年主任の村田静子に付き添われて事情聴取を受けた。

田代千春が死ぬ前に何度も凜に電話を入れていたことは、警察官たちもすでに知っていた。彼女が最後に凜に電話をしたのは、死の三十分ほど前のことのようだった。

そう。たった三十分だ。その三十分のあいだに、少女は死ぬことを決めたのだ。

「加納先生はなぜ、彼女からの電話に出なかったんですか？」

泣き続けている凜に、年配の警察官が言いにくそうな顔をして尋ねた。

「わたし自身に……あの……何ていうか……ちょっと困った出来事が持ち上がって……あの……田代さんの相談に乗れるような精神状態ではなかったんです」

声を震わせて凜は言った。

「困った出来事というのは、具体的にはどういうことなのでしょう？　差し支えなければ、お聞かせ願えますか？」

年配の警察官がまた尋ねた。

「とても個人的なことですから……ここでお話しするようなことではありません」

そう答えながら、凜は数学教師の醜い顔を思い浮かべた。

ありがたいことに、警察官たちはそれ以上踏み込んだ質問はして来なかった。

涙を流している凜の隣で、教頭の水島がこれまでの経緯を警察官たちに説明した。その中で教頭は、リベンジポルノの被害者となってしまった教え子のために、凜がどれほど力を尽くしたかを語った。

「加納先生は実によくやりました。褒められることはあっても、責められることは何ひとつないはずです」

教頭の言葉を聞いた三人の警察官が、凜を見つめて大きく頷《うなず》いた。凜の隣では、村田静子も頷いていた。

千春の部屋の机の上には、両親と凜に宛てた短いメモが残されていた。年配の警察官に促された若い女性警察官がそのメモを取り出し、凜の前にそっと置いた。

死ぬ前に少女が書き残したというメモに、凜は視線を落とした。小熊のキャラクターがあしらわれた便箋《びんせん》の一枚で、そこに丸っこい文字が並んでいた。

『加納先生、わたしのためにいろいろとしてくださって、ありがとうございました。先生のお気持ちが本当に嬉《うれ》しかったです。

先生があんなにいろいろとしてくれたのに、こんなことになってしまって、ごめんなさい。でも、わたしにはこうするしかなかったんです。許してください。さようなら。

それから、もう一度、ありがとうございました』

読んでいる途中で嗚咽《おえつ》が漏れ、凜は顔を覆って泣いた。

そんな凜の背中を、学年主任の村田静子が何度も優しく撫でてくれた。

自分自身の力で、人生は切り開いていけるのだ。

少し前までの凜はそんなふうに考えていた。けれど、それは違うのかもしれなかった。

人生にはいたるところに落とし穴が口を開けている。いつ、誰が、その穴に落ちてしまうか、誰にもわからない。田代千春はその穴に落ちてしまったのだ。たぶん、そういうことなのだ。

そして、あした、穴に落ちるのは、凜自身なのかもしれなかった。

9

学年主任のはからいで、その日はチアリーディング部の活動を別の教師が見てくれることになった。

「加納先生、とにかく、きょうはお帰りください。もし、あした、出勤するのが難しいようでしたら、わたしに連絡してください」

凜の肩を抱くようにして村田静子が言った。五十歳の今も独身の村田静子は、いつも毅然《きぜん》としていたけれど、気遣いのできる優しい女性だった。

警察官たちによる事情聴取のあとで凜の涙は止まった。けれど、自宅に戻るために車に乗り込むと、またしても涙が溢《あふ》れ始めた。

きょうも一日、よく晴れて暖かかった。けれど、ずっと動揺していた凜は、そんなことにさえ気づかなかった。

凜がまだ学校にいるあいだに、数学教師の石黒が何度か近くに寄って来た。けれど、きょうは彼も話しかけては来なかった。

石黒の姿を目にした瞬間、凜の中に凄《すさ》まじいまでの怒りが湧き上がった。

その男に脅迫されていたせいで、凜は田代千春の電話に出られなかったのだ。その男さえいなければ、少女は今も生きていたかもしれないのだ。

けれど、怒りは長くは続かなかった。すぐにまた、少女を死なせてしまったという悲しみや絶望、無力感が込み上げて来たのだ。

そう。誰が悪いかは問題ではなかった。いちばんの問題は、田代千春という可憐《かれん》な少女が、もうこの世にはいないということだった。

「田代さん……ごめんね。ごめんね」

断続的にそう呟きながら、凜は自宅に向かって車を走らせ続けた。

自宅に戻った凜は玄関にうずくまり、自分を出迎えに来た黒猫をしっかりと抱き締め、随分と長いあいだ涙を流し続けていた。

ようやく立ち上がった凜は、机の上のパソコンを立ち上げ、【鈴木】へのメールを打った。

『わたしのせいで、彼女は死んだの。きっと、わたしに見捨てられたと思ったのよ』

そのメールの中で凜は【鈴木】に、少女からの死ぬ直前に自分に掛けて来た電話を無視したことを告げた。

いつものように、【鈴木】からの返信はすぐに届いた。

『加納先生、自分を責めないでください。先生がその少女のために、どれほど頑張ったのかを、わたしは誰よりもよく知っています』

その言葉はありがたかったけれど、やはり、凜の気持ちは少しも慰められなかった。


その晩、凜は長いあいだ、【鈴木】とのやり取りを続けた。

彼はあれからずっと、石黒達也のパソコンへの侵入を試み続けているようだった。けれど、それはうまくいっていないということだった。

『お役に立てなくて、申し訳ありません。でも、諦《あきら》めたわけではありません。もう少しだけ時間をください』

【鈴木】が写真を取り返してくれることを、まったく期待していないわけではなかった。

けれど、凜は落胆しなかった。

『鈴木さん、ありがとう。あなたには本当に感謝してる。でも、無理はしないで』

凜は【鈴木】にそうメールした。少し前から、凜の胸の中にある考えが広がっていた。

そう。罪人は罰を受けなければならないのだ。


田代千春が自殺した翌々日に、彼女の通夜が行われた。教頭の水島や学年主任の村田静子ら数人の教師と一緒に、凜はその通夜に参列した。

死因が自殺だったということや、リベンジポルノの被害に遭っていたということもあって、弔問客は多くなかった。親戚《しんせき》も来ていないように見えた。凜の高校の生徒たちは、田代千春が死んだことをまだ知らされていなかった。少女が死んだのは石黒のせいでもあるのに、彼は参列していなかった。

寝込んでいるという母親は、通夜の席に顔を出さなかった。それで父親がほとんどひとりで、参列者の対応に当たっていた。

その父親もまた、ひどく虚《うつ》ろな表情をしていた。校長や教頭が言葉をかけた時にも、微《かす》かに頷いただけで、その表情が変化することはまったくなかった。

遺影の少女はあどけない顔に無邪気な笑みを浮かべていた。ふっくらとした唇のあいだから、白い歯が覗《のぞ》いていた。

ああっ、そうだった。田代さんはこんなふうに笑う子だった。

遺影の前で頭《こうべ》を垂れながら、凜はそれを思い出した。

やはり、罰を受けなければならなかった。少女が死んだというのに、凜だけが無傷でいるわけにはいかなかった。

10

通夜から自宅に戻った凜は、数学教師の石黒のスマートフォンに電話をかけた。彼に電話をするのは初めてだった。

数回の呼び出し音のあとで、憎むべき数学教師が電話に出た。

『こんばんは、加納先生』

耳に押し当てたスマートフォンから、馴《な》れ馴れしげな男の声が聞こえた。

その瞬間、臭くて湿った彼の息が頬に吹きかかったような気がして、凜は思わずスマートフォンから顔を背けた。

『加納先生から電話を頂くのは初めてですね。ありがとうございます。こんな時間に加納先生のお声が聞けて、ものすごく嬉しいです。それで、加納先生……僕にどんなご用でしょう？』

男が訊《き》いた。彼は上機嫌のようだった。

「あの……先日の件です」

声を絞り出すようにして言うと、凜はスマートフォンを握り締めた。

『先日の件？』

数学教師がおうむ返しに繰り返した。楽しげな口調だった。

「わたしがあなたの出した条件を呑《の》んだら、わたしのスマホから盗み出した写真は、すべて返してくれるんですね？」

『ああ、そのことですか。はい。みんなお返しします』

極めて軽い口調で男が言った。

「そうですか。でしたら……あの……わたし……条件を呑みます」

凜は奥歯を強く嚙《か》み締め、目の前にある白い壁をじっと見つめた。

『それは本当ですか？　本当にセックスをさせてくれるんですか？』

男が少し驚いたような声を出した。

「わたしは嘘をつきません」

凜はさらに強くスマートフォンを握り締めた。

少しの沈黙があった。そのあいだ、凜は音がするほど強く奥歯を嚙み締めて、すぐ目の前の壁を見つめ続けていた。

やがて、再び男の声が耳に届いた。

『ありがとうございます。いやあ、嬉《うれ》しいなあ。すごく嬉しいです』

本当に嬉しそうに男が言った。

「あなたって、どこまでも最低の男ね。こうやって話しているだけで虫酸《むしず》が走るわ」

吐き捨てるかのように凛は言った。今夜はそんなことを言うつもりではなかった。けれど、言わずにはいられなかった。

『どう思われてもかまいません。前にも言いましたが、僕は軽蔑《けいべつ》されることや、嫌われることに慣れていますからね』

「自分を嫌っている女を抱いて嬉しいの？」

『はい。嬉しいです。僕にはサディスティックなところがありましてね。自分を嫌っている女を無茶苦茶《むちゃくちゃ》にしてやるのが楽しいんですよ。もしかしたら、復讐《ふくしゅう》するような気持ちになるのかも知れませんね』

自分のことなのに、他人事《ひとごと》のように男は言った。笑っているようだった。『それで、加納先生……いつ僕にセックスをさせてくれるんですか？』

「いつでもかまいません」

吐き気が込み上げるのを感じながら凛は言った。

『そうですか。それじゃあ、急ですが……あした、土曜日の晩はいかがです？』

「あした？」

あまりにも急なことに、凛はわずかにたじろいだ。

『ええ。日曜日は安息日で、加納先生も僕も休みだから、あしただったら僕も時間を気にせず、これでもかというほど徹底的に加納先生を犯せます。どうです？』

男が言った。見ることはできなかったが、その顔には嫌らしい笑みが浮かんでいるに違いなかった。

「けっこうです」

吐き気に耐えて、凜は短く答えた。

『わかりました。それじゃあ、待ち合わせの場所と時間はあとで連絡します』

嬉しそうに男が言った。『いやあ、あしたが楽しみだなあ。憧《あこが》れの加納先生を本当に抱けるんだと思うと、今からわくわくしますよ』

凜は返事をしなかった。奥歯を嚙み締めて、壁を見つめていただけだった。


電話を切った凜は窓辺に歩み寄り、込み上げる吐き気に耐えながら、窓の下に広がる夜景をぼんやりと見つめた。

【鈴木】に報告するつもりはなかった。この問題には自分自身で決着をつけたかった。

大丈夫よ、凜。しっかりしなさい。しっかりしなさい。

ひんやりとした窓ガラスに額を押しつけ、凜は自分に言い聞かせた。

その時、ひどくザラザラとしたものが、剝《む》き出しの足の甲に触れた。

反射的に見下ろすと、足元に黒猫がいて、凜の足の甲をしきりに舐《な》めていた。

「ゲンジ、どうしたの？　心配してくれているの？」
凜はその場にしゃがみ込み、黒猫の太った体をしっかりと抱き締めた。
大丈夫よ、凜。あなたさえしっかりしていれば、何があろうと大丈夫よ。
黒猫を抱き締めたまま、凜は自分にそう言い聞かせ続けた。
大丈夫よ……大丈夫よ……大丈夫よ……大丈夫よ……。
そうするうちに、涙が滲《にじ》み出て、すべてのものが霞《かす》んで見えた。

第五章

1

土曜日の夕方、学校から自宅に戻った凜は髪と体を入念に洗った。入浴後はバスローブを羽織ってドレッサーの前に座り、洗い立ての長い髪をヘアドライヤーとヘアアイロンとで丁寧に整え、時間をかけて極めて濃密な化粧を施した。数学教師が、『自撮りをする時のように、思い切りケバくして来てください』と言ったからだ。

化粧が済むと、バスローブを脱ぎ捨て、黒く透き通ったナイロン製の小さなショーツを穿《は》き、同じ色と素材のブラジャーをつけた。その後は、太腿《ふともも》までの黒いナイロン製のガーターストッキングを穿き、やはり黒いナイロン製のガーターベルトをウエストに巻いた。

それもまた、石黒から『エロい下着で来てくださいね』と、命じられたからだった。

今夜、石黒達也は凜に踵《かかと》の高いパンプスを履いて来るように求めていた。

ガーターベルトから伸びたストラップでストッキングを留めると、凜はドレッサーに映った自分の姿をまじまじと見つめた。ブラジャーのカップの向こうに、乳首がはっきりと透けて見えた。ショーツの中ではわずかばかりの黒い毛が、窮屈そうに押し潰《つぶ》されていた。きょうも凜の臍《へそ》では、ハート形をした金のピアスが光っていた。

女である凜の目にも、その姿は極めて猥褻《わいせつ》で、煽情《せんじょう》的なものに映った。

『あしただったら僕も時間を気にせず、これでもかというほど徹底的に加納先生を犯せます』

急に石黒の言葉を思い出した。それだけのことで、皮膚を鳥肌が覆い、強烈な吐き気が込み上げた。

けれど、自分が下した決断を悔いているわけではなかった。

これは罰だった。田代千春を見殺しにしてしまった自分自身への罰だった。

主人の怯《おび》えを察知したのか、身支度をしているあいだずっと、黒猫がすぐそばから凜をじっと見つめていた。黒猫は凜と目が合うたびに、甲高い声で「にゃーっ」と鳴いた。

「ゲンジ、心配しなくていいのよ。大丈夫よ。すぐに戻って来るからね」

アクセサリーの数々を身につけながら、凜は黒猫にそう話しかけた。

玄関を出る前に色の濃いサングラスをかけた。濃く化粧をした顔を、同じマンションの住民たちに見られたくなかったからだ。だが、幸いなことに、エレベーターでもエントランスホールでも、住民にはひとりも出くわさずに済んだ。

空には星が瞬き始めていた。昼間は暖かかったが、夜になってぐっと気温が下がったようで、薄着の人々は少し寒そうな様子をしていた。吹き抜ける冷たい風に、セットしたばかりの長い髪がはためき、耳にぶら下げた大きなイヤリングが揺れた。

数学教師が待ち合わせ場所として指定して来たのは、凜が暮らすマンションのすぐ近くにあるシティホテルの一室だった。そのホテルには中国料理店やフランス料理店があって、凜は何度か三浦智佳とふたりで食事をしに行ったことがあった。

そのホテルまでは五百メートルと離れていなかった。けれど、黒いエナメルのパンプスの踵が恐ろしく高いせいで、その五百メートルを歩くのも容易なことではなかった。自撮りをする時はいつも、そういうパンプスを履いていた。けれど、外を歩くのは今夜が初めての体験だった。ようやくホテルのロビーにたどり着いた時には、凜の足にはいくつもの靴擦れができていた。

エレベーターの中でサングラスを外してバッグに納めた。

石黒達也が指定して来たのは十階の客室だった。その部屋のドアの前に立った凜は、震える指でドアチャイムのボタンを押した。その爪はついさっき貼ったばかりの鮮やかなネイルシールで彩られていた。

すぐにドアの向こうから足音が聞こえ、目の前のドアが静かに引き開けられた。その瞬間、獣のように毛深い数学教師の体臭がふわりと溢《あふ》れ出た。

「こんばんは、加納先生。どうぞ、お入りください」

ギョロリとした目で、数学教師が凜を見つめた。パンプスの踵が十五センチ近くあるせいで、大柄な男の目がいつもよりずっと下に位置していた。

石黒はホテルに備え付けの白いバスローブを羽織っていた。タオル地のバスローブの胸元が大きくはだけて、真っ黒な毛に覆われた胸があらわになっていた。バスローブの裾《すそ》から突き出した臑《すね》の部分も、黒くて硬そうな毛にびっしりと覆われていた。

シャワーを使ったばかりなのだろう。色黒の顔がほんのりと赤らみ、黒々とした髪が湿っていた。毛穴の目立つその顔は、今も脂ぎってギトギトと光っていた。

凜は無言で頷《うなず》いた。そして、恐ろしく高いパンプスの踵を、ひどくぐらつかせながら客室に足を踏み入れた。

ベッドがふたつ並べられたその部屋の広さは、三十平方メートルほどのように見えた。清潔で明るくはあったが、内装も調度品もシンプルで、ビジネスホテルに毛が生えたようなものだった。床には焦げ茶色をしたカーペットが敷き詰められていた。部屋は十階に位置していたが、その窓は今、黒っぽい色をしたカーテンに覆われていて、外の景色は見えなかった。

「ちゃんと化粧をすると、一段とお美しいですね。芸能人がいるみたいです」

凜の全身を不躾《ぶしつけ》に眺めまわした男が、満足そうな口調で言った。

凜は返事をしなかった。凄《すさ》まじいまでの恐怖と不安に支配され、その場に立ちすくんでいただけだった。

「それでは、加納先生……さっそくですが、服を脱いでください」

凜は戸惑った。いきなり服を脱げと言われるとは思わなかったのだ。

「あの……石黒先生……」

「言われた通りにしてください。それとも、僕に脱がせてもらいたいですか？」

楽しげな笑みを浮かべた男が、身を強《こわ》ばらせている凜にゆっくりと歩み寄って来た。

「あの……自分で脱ぎます」

声を喘《あえ》がせながら、凜はようやくそれだけ言った。そして、指を震わせて濃紺のボレロを脱ぎ、すぐ脇にあった椅子の背もたれに無造作に掛けた。

次に、スカートとブラウスのどちらを脱ぐかで、凜はわずかに迷った。結局、ブラウスを脱ぐことにして、小さなそのボタンを上から順番に外し始めた。けれど、指が震えているために、ボタンひとつを外すのも簡単なことではなかった。

「ストリッパーみたいに、わざとじらしているんですか？」

男が笑った。彼は本当に楽しそうだった。

ブラウスのボタンをすべて外し終えると、白い木綿のそれを凜は思い切って脱いだ。

続いて、スカートのホックを外し、ファスナーを下ろし、もう何も考えずに脱ぎ捨てた。

パンプスの踵がぐらつき、大きくよろけたけれど、転ぶことはなかった。

服を脱ぎ終えると、嫌らしい視線から逃れるかのように凜は男に背を向けた。

「こっちを向いてください。恥ずかしがらず、僕にちゃんと体を見せてください」

男が言った。けれど、凜は石になったかのように身を強ばらせ、男に背を向けたまま右手で胸を押さえ、左手を股間《こかん》に宛てがっていた。

「こっちを向け、加納凜っ！　言われた通りにしろっ！」

突如として、男が大声を上げた。

その瞬間、凜は反射的に命令に従い、男のほうに体を向けた。抑圧されて育った凜には、大声で命じられると従ってしまうという癖があった。

「加納先生、両手を体の脇に下ろしなさい。言われた通りにしなさい」

憎い男に命令されることには強烈な屈辱感を覚えた。それでも、努めて頭の中を空っぽにし、凜は胸と股間を押さえていた腕をゆっくりと体の両脇に下ろした。

そんな凜の体を男がまじまじと、瞬《まばた》きの間さえ惜しむようにして見つめた。

「ああっ、すごいや。やっぱり実物は写真とは違う。まるで娼婦《しょうふ》がいるみたいだ」

男からは顔を背けて、凜はその声を聞いていた。

そこに立って凜を見つめている男は今、絶対的な力を有した専制君主だった。そして、凜のほうは、君主に意見することすら許されぬ、無力な一市民……いや、それどころか、何の権限も与えられていない女奴隷でしかなかった。

2

透き通った黒い下着姿の凜と向き合うように立ち、男は何も言わずに凜の全身を不躾に眺めまわしていた。凜は顔を背けていたけれど、皮膚のいたるところに突き刺さるような視線をはっきりと感じた。

やがて、男が剛毛に覆われた手で、腹の前で結ばれていたバスローブの紐《ひも》をゆっくりと解《ほど》いた。そして、巨体を左右に揺らすようにして、白いタオル地のバスローブを足元にはらりと脱ぎ捨てた。

男はバスローブの下に何ひとつ身につけていなかった。たっぷりと脂肪のついた色黒の体は真っ黒な剛毛で覆われていた。左右の肩にも、突き出した腹部にも、黒い毛が渦を巻くようにして生えていた。長くて硬そうな毛に覆われた男の股間では、凜の腕ほども太い男性器がほとんど真上を向いてそそり立っていた。バスローブを脱いだことによって、男の体臭がさらに強く感じられるようになった。

次の瞬間、男が足を踏み出し、毛むくじゃらの腕で凜の体を自分のほうに強引に引き寄せた。そして、必死で顔を背けようとしている凜の唇に、自分のそれを無理やり重ね合わせた。同時に、右手で凜の乳房をまさぐり、化繊でできたブラジャーの薄いカップの上からそれを乱暴に揉《も》みしだいた。

凄まじい嫌悪感が全身を包み込み、凛は男の体を必死で押しのけようとした。けれど、それはできなかった。男の力がそれほど強かったのだ。

「うっ……むふうっ……」

凛は目をいっぱいに見開いたまま、男の口の中に苦しげな呻《うめ》きを漏らした。パンプスの高い踵《かかと》がぐらぐらと揺れた。

胸を揉みしだかれながら唇を吸われているあいだずっと、石のように硬直した男性器が凛の下腹部を、おぞましく圧迫し続けていた。

やがて、男がゆっくりと口を離し、凛の顔を覗《のぞ》き込むかのようにじっと見つめた。男の分厚い唇が唾液《だえき》でてらてらと光っていた。

「加納先生、フェラチオをしたことはありますよね？」

男が訊《き》いた。ギョロリとしたその目が欲望のために潤んでいた。

凛は返事をせずに顔を背けた。乱暴に揉みしだかれた胸が、鈍い痛みを発していた。

「黙っているところを見ると、加納先生には少なからぬ経験がおありのようですね。その相手はどんな男だったのかな？」

ゾッとするほど嫌らしい笑みを浮かべて男が言った。「加納先生、今、ここで、その男にしたのと同じことを僕にしてください」

凛はやはり返事をせず、男から顔を背け続けていた。泣くつもりはなかったのに、その目が涙で潤み始めていた。

「どうしました、加納先生？　早くひざまずいて、フェラチオを始めてください」

臭い息を凜の顔に吐きかけながら男が言った。たった今まで凜の乳房を揉んでいた右手で、男は凜の髪をがっちりと摑《つか》んでいた。

恋人だった脇本優也はオーラルセックスが好きで、会うたびにそれを求めたものだった。拒んだことはほとんどなかったが、凜自身はオーラルセックスが嫌いだった。支配され、服従させられているような気がしたからだ。

脇本優也の男性器を口に含むことには耐えられた。彼が好きだったからだ。けれど、目の前に仁王立ちになっている男を相手にそれをすることなど考えられなかった。

「お前、耳が聞こえないのかっ！　さっさとひざまずいて、口にくわえるんだよっ！」

男がまたしても大声で怒鳴り、凜はまたビクッと身を震わせた。

その直後に、男が両手で凜の髪を鷲摑《わしづか》みにし、力ずくで自分の足元にひざまずかせようとした。その力は本当に強くて、凜は思わず膝《ひざ》を折り曲げ、床にしゃがみ込んだ。

うずくまったことによって、そそり立った男性器が凜の目の前に位置する形となった。

「ああっ、いやっ。石黒先生、これだけは許して。ほかは何でもするから……どんなことでもするから……だから、お願い……お願い……」

目の前の男性器から懸命に顔を背け、凜は必死で哀願した。

「馬鹿野郎っ！　言われた通りにしろっ！」

「いやっ！　許してっ！　それだけは、いやっ！」

凜は必死に哀願を続けた。

「ふざけるなっ！」

叫ぶかのように言うと、男がいきなり右手を振り上げた。そして、その手を勢いよく振り下ろし、凜の左の頬をしたたかに打ち据えた。

ピシッという音とともに顔が真横を向き、頬が焼けるように熱くなった。左の耳がほとんど聞こえなくなり、口の中に血の味が不気味に広がっていった。

意識がすーっと遠のき、そのまま床に倒れ込んでしまいそうだった。けれど、倒れることは許されなかった。男が凜の髪を強く摑み続けていたからだ。

次の瞬間、硬直した男性器が凜の唇を無理やりこじ開け、口の奥深くへと一気に突き進んでいった。

「うむっ……」

凜は白目を剝《む》いて呻いた。反射的に閉じた目から、涙が溢《あふ》れ出たのがわかった。男の股間の毛は本当に長くて、量も多かったから、凜はごわごわと密生した性毛の中に顔を埋《うず》めているような形になった。

「加納先生、今夜のあなたは奴隷です。性の奴隷です。だから、言われた通りにしてください。そうでないと、また暴力をふるわなければならなくなります」

凜の髪を両手で鷲摑みにした男が、勝ち誇ったかのような口調で言った。

すぐに、男は男性器を口に含んでいる凜の顔を、前後にゆっくり、規則正しく打ち振らせ始めた。

無力な凜にできたことは、頭の中を空っぽにして目を閉じ、鼻孔をいっぱいに広げて呼吸を確保することだけだった。

「もっと唇をすぼめてください。もっとです。そうです。やればできるじゃないですか」

頭上から男の声がした。

唇と男性器が擦《こす》れ合う淫靡《いんび》な音と、自分の口から漏れるくぐもった呻きが、凜の耳に絶え間なく届いた。鷲摑みにされた髪の中では、大きなイヤリングが時計の振り子のようにせわしなく揺れていた。

「清楚《せいそ》で淑《しと》やかなあの加納先生にフェラチオをしてもらっているなんて、男冥利《みょうり》に尽きるというものです。言うことはありません。最高です」

満足そうな男の声が頭上から聞こえた。「そういえば、こんなふうに男の前にひざまずいてフェラチオをしている田代千春の動画が、インターネットに散乱していましたよね？　あれもなかなかエロい映像でしたけど、加納先生のエロさにはかないませんね。最高です、加納先生。悩ましげに歪《ゆが》んだその顔、最高にエロいです」

初めのうち、男はゆっくりと凜の頭を前後させていた。だが、時間の経過とともに、その速度は徐々に速くなっていった。

硬直した男性器の先端が喉《のど》を突き上げるたびに胃が痙攣《けいれん》し、吐き気が食道を駆け上がってきた。凜は拳《こぶし》を握り締め、その吐き気に懸命に耐えた。

「加納先生、すごくうまいんですね。国語の教師なんてやめて、ピンクサロンで働いたほうがいいんじゃないですか？　きっと店いちばんの売れっ子になれますよ」

凜の喉を絶え間なく突き上げながら、男が嬉《うれ》しそうに言った。

凜は努めて何も考えまいとした。けれど、波のように次々と襲いかかってくる恥辱と屈辱に、どうしても涙を止めることができなかった。

腫《は》れ上がっているらしい左の頬が、焼けるような熱を放ち始めていた。左の耳ではキーンという甲高い音が続いていて、今もほとんど聞こえなかった。

3

十分近くに亘《わた》って凜の口を犯し続けたあとで、男は射精をしないまま、唾液にまみれた男性器を口から引き抜いた。そして、咳《せ》き込んでいる凜に、四つん這《ば》いの姿勢を取るよう命じた。

またぶたれるのが恐ろしくて、凜はその命令に従い、床に敷かれたカーペットに膝と肘《ひじ》を突く四つん這いの姿勢をとった。

耐えられないほど悔しかった。けれど、乱暴に口を犯され続けているよりは、いくらかマシな気もした。

「脚を左右に広げなさい。もっとだ。もっと。もっと。もっと広げるんだ」

やはり、ぶたれるのが怖くて、凜は言われるがままのポーズを取った。悔しさに、涙がさらに溢れ出た。

「うーん。その格好、実にエロい。うん。エロい。まさに娼婦《しょうふ》だ。売春婦だ」

そんなことを言いながら、男は四つん這いになった凜の背後にひざまずいた。そして、女性器を覆っていた部分の幅の狭い布を乱暴に横にずらし、剝《む》き出しになった女性器に男性器を宛てがった。

「避妊具を使ってください。お願いです」

背後を振り向き、涙ながらに凜は訴えた。長く男性器をくわえていたために、顎《あご》や舌が疲れ切っていて、うまく喋《しゃべ》ることが難しかった。

「大丈夫。中には出さないよ」

「でも……」

「大丈夫。俺を信じなさい。それじゃあ、加納先生、ぶっといやつをぶち込むよ」

嬉しそうに男が言い、凜は衝撃に備えて拳を握り締め、軋《きし》むほど強く奥歯を嚙《か》み締めた。

次の瞬間、男が強く腰を突き出しながら、凜の尻《しり》を自分のほうに勢いよく引き寄せた。

凄《すさ》まじい衝撃が肉体を一直線に貫き、子宮に荒々しく激突した。

「あっ……うっ……いやっ！」

その衝撃のあまりの強さに、凜は思わず身をよじって呻《うめ》きを上げた。これほど乱暴に男性器を突き入れられるのは初めてだった。

「ついに、憧《あこが》れの加納先生と合体だ」

凜の尻を摑《つか》んだまま、嬉しそうに男が言った。「それにしても、加納先生のここ、締まりがすごくいいんですね。すごいや。まるでイソギンチャクみたいにヒクヒクしていて、吸い付いて来るようですよ。見かけによらず、加納先生は名器の持ち主だったんですね」

少年のように小さな凜の尻を、指の跡が残るほど強く摑んで男が言った。そして、その直後に、激しく腰を前後に打ち振り始めた。

肉と肉とがぶつかり合う鈍い音が、静かな室内に絶え間なく響いた。

「あっ……いやっ……ダメっ……あっ……うっ……いやっ……ああっ、いやっ！」

次々と襲いかかって来る衝撃のあまりの激しさに、凜は長い髪を振り乱して呻きを漏らし続けた。その声を抑えることがどうしてもできなかった。

「加納先生、実にいい声を出しますね。AV女優も顔負けですよ。うん。ピンクサロンもいいけど、AV女優になるのもいいかもしれない。きっと人気者になれるはずですよ」

嬉しそうに男が言った。凜の人格を崩壊させようとでもいうかのように、彼は嘲《あざけ》りの言葉を浴びせかけ続けた。

腰を打ち振りながら、男はブラジャーの上から凜の乳房を執拗《しつよう》に揉《も》みしだいた。さらには、凜の髪を鷲摑《わしづか》みにして無理やり振り向かせ、呻き続けている凜の唇を荒々しく貪《むさぼ》った。ふたりの歯がぶつかり合い、カチカチという硬質な音を立てた。

四つん這いの凜を背後から十分以上に亘って犯し続けてから、男は凜を床に仰向《あおむ》けに押さえつけ、ブラジャーとショーツを引き千切るかのように乱暴に脱がせた。そして、汗にまみれた凜の脚を左右に大きく広げさせ、毛むくじゃらの体を凜の上に重ね合わせ、硬直を続けたままの男性器を凜の中にまたしても一気に挿入した。

「バックもよかったけど、加納先生の顔がよく見えて、正常位もいいですね。加納先生、その顔、本当にいいですよ。特に、眉《まゆ》と眉のあいだにできたこの皺《しわ》がいい」

凜の眉間《みけん》に指先で触れながら男が言った。凜は目を閉じていたけれど、男の顔が十センチと離れていないところにあるのははっきりとわかった。

男の口から吐き出される息は、耐えきれないほどに臭かった。濃い体毛に覆われた男の体は、シャワーを浴びたかと思うほどの汗にまみれてぬるぬるとしていた。

男性器を根元まで挿入したまま、少しのあいだ、男は凜の上でじっとしていた。どうやら、苦痛に歪んだ凜の顔を見つめて楽しんでいるようだった。

「それじゃあ、第二ラウンドの開始です」

楽しげに男が言った。その直後に、男は再び腰を激しく打ち振り始めた。硬直した男性器が子宮を絶え間なく突き上げた。それは凄まじいまでの衝撃を与えたけれど、疲労困憊《こんぱい》している凛にできたのは、か細い声を上げ続けることだけだった。

男は延々と凛を犯し続けた。凛の乳房を揉みしだいたり、乳首を吸ったり、唇を貪ったりしながら、前後に規則正しく腰を打ち振り続けた。

「あっ……もう、いやっ……もう許して……あっ……うっ……いやっ……ああっ、いやっ……もう許してっ……お願いっ……もう、やめてっ……」

凛は懸命に訴えた。このままでは体が壊れてしまうような気がした。男の顔から噴き出した汗が、凛の顔に何度となく滴り落ちた。

犯されている途中で、凛の左足からパンプスが脱げた。その後は右足のそれも脱げて床に転がった。

今度も十分以上に亘って、男は凛を犯し続けていた。だが、やがて急に男性器を凛の股間《こかん》から引き抜くと、凛の上半身を抱き起こし、たった今まで体内に挿入されていたそれを凛の口の中に無理やり押し込んだ。

朦朧《もうろう》となっていた凛には、顔を背けることさえできなかった。

すぐに口の中の男性器が痙攣を始め、凛の舌の上にどろりとした液体をどくどくと大量に吐き出し始めた。そのあいだ、男はずっと凛の髪を鷲掴みにしていた。

男性器の痙攣が終わるのを待って、男がそれを凛の口から引き抜いた。

「加納先生、口の中のものを飲み込んでください」

男が命じ、凜はおぞましい液体を口に含んだまま首を左右に振った。

恋人だった脇本優也の体液を、嫌々ながら嚥下《えんか》したことは何度かあった。けれど、憎くてしかたない男のそれを飲み下すなんて、できるはずがなかった。

「言われた通りにしてください。それとも、またぶたれたいですか?」

笑みを浮かべた男が、右手を高く振りかざした。その指には、凜の髪が何本も絡みついていた。

もはや選択肢はなかった。凜は意を決し、もう何も考えず、口の中のものを必死で飲み下した。粘り気の強い不気味な液体が、喉《のど》に絡みつき、食道を流れ落ちていった。

「田代千春が今の加納先生とまったく同じことをしている映像が、インターネットにありましたね? 加納先生はご覧になったことがありますか?」

満足げな表情で凜を見つめて男が訊《き》いた。

凜はもちろん、返事をしなかった。凄まじいまでの恥辱と屈辱に包まれ、大粒の涙を流しながら体を震わせていただけだった。

今にも人格が崩壊してしまいそうだった。


その後も男は凜を二度に亘って陵辱した。行為の終わりには、二度とも体液を凜の口の中に放出し、それを嚥下するように命じた。心が完全に擦り切れ、逆らう気力さえなくしていた凜は、二度ともその命令に従った。

　行為のあとで、男は凜の目の前で、スマートフォンに保存されていた凜の画像をすべて消去した。そして、自宅のパソコンの画像や、ストレージに保存してある画像もすべて消去すると約束した。

「加納先生のスマホから盗んだ画像はすべて消去します。約束します」

　凜はその言葉を信じることにした。

　いや、どうだったのだろう？　あの時、凜が考えていたのは、一刻も早くそこから逃げ出したいということだけだった。

　その晩、ぼろ雑巾《ぞうきん》のようにされて自宅に戻った凜は、真っすぐにトイレに向かい、喉の奥に指を深く差し込んで嘔吐《おうと》を繰り返した。胃の中にあるはずの男の体液を、すべて吐き出してしまおうとしたのだ。その後は、穢《けが》れを落とそうとでもするかのように浴室で髪と体を何回も入念に洗った。

　荒々しく犯された股間が疼《うず》くような痛みを発していた。鏡に映してみると、左の頬はかなり腫《は》れ上がっていた。耳の中では甲高い音が続いていた。涙を流し続けていたために、瞼《まぶた》がひどく腫れ上がっていた。

　凜は努めて今夜のことを思い出すまいとした。けれど、それは難しかった。目を閉じるとすぐに、荒々しく犯されていた時のことが脳裏に鮮明に甦《よみがえ》った。

激しく揉まれ、吸われ続けた乳房には、赤い痣《あざ》がいくつもできていた。カーペットの上に四つん這《ば》いになって激しく犯されたために、膝《ひざ》と肘《ひじ》の皮が摩擦で擦り剝け、左右の肘ではうっすらと血が滲《にじ》んでいた。

二十七年の人生で、凜はたくさんの辛《つら》い思いや、嫌な思いを経験した。けれど、今夜ほどひどい目に遭ったことはないような気がした。

4

試練は終わった。

凜はそう考えていた。けれど、それは違っていたようだった。

嫌というほど犯された翌々日の月曜日、凜はまた石黒達也に呼び出され、昼休みに面談室に行った。

ぶたれた左頰の腫れは、今ではほぼ完全に引いていた。左の耳もかなりよく聞こえるようになっていたし、疼くような股間の痛みも随分と和らいでいた。けれど、心に負った傷は少しも癒《い》えていなかった。

思い出したくなどないのに、ふとした拍子にあの晩のことが脳裏に甦り、そのたびに凜は叫び声を上げそうになった。いや、ひとりきりの家の中で、実際に叫んでしまったことも何度かあった。

いったい、何の用なのだろう？　わたしにまだ付きまとうつもりなのだろうか？

面談室へと廊下を歩きながら、凛はそんなことを考えていた。

ここ数日と同じように、きょうも風のない暖かな日だった。凛は白いブラウスの上に、ピンク色の薄いカーディガンを羽織り、踝《くるぶし》までの丈の黒い薄手のスカートを穿《は》いていた。足元はいつものように、踵《かかと》の低い地味なパンプスだった。長い黒髪はきょうもポニーテールに束ねていた。

凛の身を案じた【鈴木】からは、あれから何度となくメールが届いていた。彼は盗まれた凛の写真を取り戻すという気の遠くなるような作業を続けているようだった。

凛は【鈴木】に石黒達也の要求に応じたことは伝えずにいた。あのことは誰にも知られたくなかったし、自分も思い出したくなかったのだ。


憎むべき男はすでに面談室にいた。白い長袖《ながそで》のワイシャツに水玉模様のネクタイという格好で、太い腕を胸の前で組んで、椅子にふんぞり返るようにして座っていた。男のすぐ前の机の上には、ノートパソコンが置かれていた。

狭い面談室には石黒達也の体臭が濃密に立ち込めていた。そのにおいは否応《いやおう》なしに、凛に悪夢の晩のことを思い出させた。

「こんにちは、加納先生。薄化粧だと、あの晩とは別人のようですね。余計なお世話だと思われるかもしれませんが、せっかく顔が綺麗《きれい》なんだから、もう少しちゃんとお化粧をするといいですよ」

ドアの脇に立った凜を見つめた男が、極めて馴《な》れ馴れしい口調で言った。

「いったいわたしに、何の用ですか？」

部屋のドアを後ろ手に閉めると、刺々《とげとげ》しい口調で凜は訊いた。男の顔を目にした瞬間に、凄《すさ》まじい嫌悪と憎悪、怒りと蔑《さげす》みとがごちゃ混ぜになって全身に広がっていった。

「その地味な服の下に、きょうはどんな下着をつけていらっしゃるんですか？　一昨日《おととい》みたいな透け透けのショーツとブラですか？　臍《へそ》には今も、あのハート形のピアスをしているんですよね？　学校でもガーターベルトはしているのかな？」

脂ぎった顔に嫌らしい笑みを浮かべた男が、凜の全身を不躾《ぶしつけ》に眺めまわした。

「忙しいんで、用事がないなら帰らせてもらいます」

凜は声を荒立たせた。その男の顔を見ているだけで、吐き気を催しそうだった。

「用がなければ呼びつけたりしませんよ」

笑いながらそう言うと、腕組みを解いた男が目の前のパソコンに手を伸ばした。「加納先生に見てもらいたいものがあるんですよ。これです。とても貴重な映像ですよ」

怪訝《けげん》に思いながらも、凜は男の脇に歩み寄った。

パソコンに映し出されていたのは、男の足元にひざまずいてオーラルセックスを強いられている髪の長い女の映像だった。

ほっそりとした体つきをした色白の女で、極めて煽情的《せんじょう》な黒いブラジャーとショーツを身につけていた。女は黒いストッキングを穿いていて、それを腰に巻いたガーターベルトで留めていた。うずくまってはいたけれど、とてつもなく踵の高い黒いパンプスを履いていることが見て取れた。

ほんの一瞬、その映像の女が誰なのか、凜にはわからなかった。だが、次の瞬間には全身の筋肉が凍りついた。

そう。オーラルセックスを強いられている女は、紛れもなく一昨日の凜だった。

男の股間《こかん》に密生した長い剛毛に、女の顔が隠されてしまうこともあった。けれど、毛深い手に髪を鷲摑《わしづか》みにされ、男性器を口いっぱいに含んで顔を前後に打ち振らされているのが誰であるかは、凜を知る者たちにははっきりとわかるはずだった。

口を犯されている女の耳元では、大きなイヤリングがブランコのように揺れていた。女の口から溢《あふ》れた唾液《だえき》が、顎《あご》の先からたらたらと滴り続けていた。その映像には音声が録音されていて、塞《ふさ》がれた女の口から絶え間なく漏れている苦しげな呻《うめ》きや、唇と男性器が擦《こす》れ合っている音を聞き取ることができた。

「いつ撮ったの？　どうやって撮ったの？」

強烈なパニックが広がっていくのを感じながら凜は訊いた。

「ビデオカメラを隠しておいたんですよ。加納凜がフェラチオに勤《いそ》しんでいる映像を、末永く残しておこうと思いましてね」

男がにやりと笑った。

「何て人なのっ！　こんなことするなんて、約束が違うじゃないっ！」

半ば叫ぶかのように凜は言った。怒りと恐怖に体が震えた。

「写真を消去するという約束はしました。だから、加納先生のスマホから盗んだ写真は一枚残らず消去しました。僕のスマホにもパソコンにもストレージにも残っていません。でもね……新たな画像を撮影しないという約束はしていないんですよ」

男がまたにやりと笑った。

男の前に置かれたパソコンの画面では、黒い下着の髪の長い女が、目を閉じ、頰を凹《へこ》ませ、整った顔を苦しげに歪《ゆが》めてオーラルセックスを続けていた。唾液にまみれた青黒い男性器が、女の口から出たり入ったりを繰り返しているのがはっきりと見えた。

『加納先生、すごくうまいんですね。国語の教師なんてやめて、ピンクサロンで働いたほうがいいんじゃないですか？　きっと店いちばんの売れっ子になれますよ』

オーラルセックスを強いている男の声がパソコンから流れた。けれど、その男の姿は下半身だけで、顔は画面には映っていなかった。

「汚いわ……あなたって、どこまでも卑劣な男なのね」

体をぶるぶると震わせながら、呻くように凜は言った。

「あの晩の映像は、これだけじゃなく、ほかにもあるんですよ。加納先生が四つん這いになって後ろから犯されているのもあるし、泣きながら僕の精液を飲み下している映像もあります。お見せしましょうか？」

勝ち誇ったかのような顔をして男が言った。

「目的は何なの？　何のために、こんなものを撮影したの？」

叫びそうになる気持ちを必死で抑えて凜は訊《き》いた。

「目的はひとつです」

パソコンの映像を一時停止させてから、男が急に真顔になって凜を見つめた。

毛穴のひどく目立つ男の顔を凜は見つめ返した。自分では見ることができなかったが、薄化粧が施された凜の顔はひどく強《こわ》ばっていた。

「僕の目的は、加納先生に僕との関係を続けてもらうことです。週に一度か二度、僕に抱かせてください。どうです？　そんなに難しいことじゃないでしょう？」

男が椅子から腰を上げ、茫然《ぼうぜん》としている凜と向き合うように立った。

「そんなこと……無理です。できません」

無意識に顔を左右に振りながら、凜は声を震わせて言った。

「そうですか？　加納先生がどうしてもできないとおっしゃるのでしたら、この映像を教職員や生徒たち、それに保護者に送りつけることにします。前にも言いましたが、決して脅しではありません」

男が言った。その顔にはきょうも勝ち誇ったかのような笑みが浮かんでいた。

言い終わると、男が無造作に腕を伸ばし、凜の体を抱き締めようとした。

「触らないでっ！」

凛は短く叫んだ。そして、反射的に男の腕を払いのけ、ドアのところまで後ずさった。

「大声を出すと、誰かに聞かれますよ」

男がまた笑った。「触られるぐらい、どうってことはないでしょう？　加納先生と僕とは、あんなに激しくセックスをした仲じゃないですか」

男は再び凛に歩み寄り、その体を両手で無理やり抱き締めた。臭くて湿った男の息が、凛の顔にまともに吹きかかった。

「やめてっ。触らないでっ」

男の腕から逃れようと、凛は懸命に身をよじった。

男はそんな凛の髪を鷲摑みにし、力ずくで上を向かせた。そして、一昨日の晩にもしたように、凛の唇に自分のそれを重ね合わせ、口の中に舌を強引に押し込んで来た。同時に、右手ではカーディガンの上から凛の左の乳房を乱暴に揉《も》みしだいた。

一昨日の晩と同じように、凛は目をいっぱいに見開き、男の口の中に呻きを漏らした。嫌悪と恐怖に脚が震えた。

やがて男が顔を離し、凛の顔を覗《のぞ》き込むかのように見つめた。

「一晩だけ時間を差し上げます。そのあいだに、じっくりと考えてみてください。あしたもこの面談室を押さえてあります。同じ時間にいらしてください」

次の瞬間、凛は背後のドアを開け、そこから廊下へと勢いよく飛び出した。

「加納先生、いい返事を待ってますよ」

背後から楽しげな男の声が聞こえた。けれど、凜は振り向かず、真っすぐな廊下を足早に歩き続けた。

5

その日の午後の授業は辛《つら》かった。

早く帰りたかった。帰って対策を考えたかった。けれど、放課後にはチアリーディング部の活動があったから、すぐには帰宅できなかった。

凜がようやく自宅に帰り着いたのは、いつものように午後八時に近かった。

ためらいはあったけれど、凜はすぐにパソコンを立ち上げ、【鈴木】へのメールを書いた。石黒達也の要求に屈して体を許してしまったことと、その時に盗み撮りされたいかがわしい映像をネタに、今も彼に脅され続けていることを伝えるつもりだった。

それを読んだ【鈴木】がどう思うかは、とても気になった。あのおぞましい夜のことを、彼に知られてしまうのも嫌だった。けれど、ほかに相談できる相手はいなかった。

メールを送った凜は、パソコンの画面を見つめ続けた。時間を持て余しているという【鈴木】からの返信が、いつものようにすぐに来るだろうと思ったのだ。

わたしが勝手に石黒の要求に従ったから、彼は怒っているかもしれない。もしかしたら、誰とでも寝るふしだらな女だと思って、軽蔑《けいべつ》しているかもしれない。

そんなことを考えながらパソコンを見つめ続けていると、机の上に置いてあったスマートフォンが鳴り始めた。

凜はビクッと身を震わせた。石黒が電話をして来たに違いないと思ったのだ。

けれど、画面に表示されていたのは未登録の番号で、携帯ではなく『03』から始まる固定電話のものだった。

訝《いぶか》りながらも、凜はその電話に出た。

『もしもし、加納先生ですね？　僕は鈴木といいます』

男の声が落ち着いた口調でそう告げた。

その声を耳にした瞬間、凜の肉体を驚きが電気のように走り抜けた。

「あの……あなたが鈴木さんなの？　本当に……あの鈴木さんなの？」

高ぶる気持ちを懸命に抑えて凜は尋ねた。

『はい。加納先生のパソコンから写真を盗み出し、下着姿の写真を送るように脅している鈴木です。いきなり電話なんかしてしまって、申し訳ありません。さぞ驚かれたでしょう？　僕も随分と迷ったのですが、加納先生のメールを読んだら、電話をせずにいられなくなってしまったんです』

男が言った。男の声には特徴というものが感じられなかった。もし次にまた電話をもらったとしても、すぐには彼だとわからないだろうと思った。

「すごくびっくりしたけど……でも、あの……鈴木さんの声が聞けてよかったわ」

凜は言った。本当にそう思っていたのだ。

【鈴木】という人物が実在することは、頭ではわかっていた。けれど、メールのやり取りしかしたことのないその男は、凜にとってはやはり仮想の世界の人物だった。実体がなく、体温もなく……それどころか、名前さえない人物だった。

だが、今、その男の声をじかに聞いたことによって、凜はその男の存在を実感することができた。

そう。その男は生きているのだ。たった今、こうして凜と話をしているのだ。

『加納先生……本当に申し訳ありません。すべては僕の責任です。すべての発端は、僕が先生の写真を盗み出したことにあるのです。どうお詫《わ》びしていいか、わかりません。この償いは、全人生を懸けてでもさせていただきたいと思っています』

男が言った。その声が少し震えているように感じられた。

確かにその男の言う通りかもしれなかった。こうなったのは、何もかも、その男のせいなのかもしれなかった。けれど、凜の中に怒りの感情は湧いて来なかった。

「そのことは、もういいです。わたしはもう、怒っていませんから」

『本当ですか？』

「本当です。最初は確かに、ものすごく怖かったし、とても怒ってもいました。でも、今はもうその怒りはありません」

凜は言った。それもまた本心だった。

『それを聞いて……あの……すごく安心しました。でも、こんなことになってしまったのは、やっぱり僕の責任です。僕が、あんなことさえしなければ、こんなことは何ひとつ起きなかったはずなんです。本当に申し訳ありません』

メールでは彼は自分を『わたし』と書いていた。けれど、今は『僕』と言った。その声の主には、それが似合っているような気がした。


音楽のない室内はとても静かだった。机に向かっている凜の足元には、今夜も太った黒猫がうずくまり、凜の足の甲に顎《あご》を乗せたり、そこを舐《な》めたりして甘えていた。

「鈴木さん、せっかくだから、いくつか尋ねさせてもらってもいいですか?」

スマートフォンを右手から左手に持ち直して凜は訊《き》いた。この機会にその男のことを、ちゃんと知っておきたいと思ったのだ。その男が本当に自分の味方なのか、そうではないのかを、しっかりと確かめたかったのだ。

『はい。けっこうです。何なりと尋ねてください。もしかしたら、答えられないことはあるかもしれません。でも、嘘は絶対につきません。約束します』

男が言った。その言葉に、凜は誠実さを感じた。

「それじゃあ、まず、鈴木さん、あなたの本名を教えてください。鈴木というのは本名なんですか？」

『鈴木は本名です。僕の名は……鈴木シュウヘイといいます』

「シュウヘイ？　どんな字を書くんですか？」

『円周率の周に、平穏の平です』

凜は机の上のボールペンを手に取り、そばにあった紙に『鈴木周平』と書きつけた。

「鈴木さん、年はいくつなんですか？」

『加納先生と同い年です。今年の九月に二十八になります』

「わたしに送って来た鈴木さんの顔写真だけど、あれはあなたなんですか？　それとも、まったくの別人のものなんですか？」

『あれは僕です。少し前に撮影したものです』

はっきりとした口調で男が答えた。

「お住まいはどこなんですか？　今はどこにいるんですか？」

『東京です。僕は今、臨海《りんかい》地区のマンションの一室にいます』

凜の問いかけに男が次々と返事をした。よどみなく返って来るその言葉を聞くたびに、ぼんやりとしていた男の輪郭が刻々と鮮明になっていくような気がした。

「鈴木さんはわたしをどこで知ったんですか？　いつから知っているんですか？　いっ

たいどんな理由があって、ストーカーみたいにわたしを付けまわしているんですか？」

凜は立て続けに質問をした。それが最も知りたいと思っていたことだった。

『その話は、あの……いずれちゃんと説明します。ですが、とても長くなってしまうかもしれません。ですから、今夜は勘弁してください。今夜は、あの……僕のことより、石黒達也について話し合いませんか？　今はそちらが先決だと思います』

男が言い、凜は自分が石黒達也から脅迫されていることを改めて思い出した。

6

鈴木周平と名乗った男との電話を続けながら、凜は久しく忘れていた感情が胸に広がっていくのを感じていた。それは脇本優也と付き合い始めたばかりの頃、彼との電話の最中に頻繁に湧き上がって来た感情によく似ていた。

会ったこともない男にときめいている？　ストーカーのように付きまとい、パソコンから写真を盗み、その写真をネタに自分を脅し続けている男に恋をしている？

もしかしたら、そうなのかもしれなかった。少なくとも、凜は彼に好意以上の気持ちを抱いているのかもしれなかった。

「鈴木さんには、何か妙案があるんですか？　何かこうしたらいいっていう、すごい提案があるんですか？」

期待を込めて凜は尋ねた。わざわざ電話をくれたぐらいだから、彼が何かいい対処法を教えてくれるのではないかと思ったのだ。けれど、鈴木周平から戻って来たのは、『すみません。妙案はないんです』という申し訳なさそうな声だった。

「なーんだ。そうだったんですね。わたし、てっきり、鈴木さんにはものすごい考えがあるのかと思って期待しちゃいました」

笑いながら、凜は言った。

そう。凜は笑っていた。この部屋に戻って来た時には恐怖と不安に打ち震えていて、途方に暮れていたというのに……どういうわけか、今は笑っていた。

『期待させちゃって、申し訳ありません』

照れたように男が言った。彼もまた笑っているようだった。

「でも、鈴木さんと話していたら元気が出ました」

凜の顔には今も笑みが浮かんでいた。

『それは本当ですか？』

「ええ。本当です。鈴木さんの声を聞いていたら、いろいろなことが何とかなるような気がして来ました」

微笑みを続けながら凜は言った。それは本当のことだった。

元気をもらったという言葉が凜は好きではなかった。ありきたりで、陳腐なセリフに感じられるからだ。けれど、鈴木周平と話を続けていると、元気がどんどん作られ、それが体の隅々にまで運ばれていくような感じがした。

『お役に立てなくても、加納先生からそう言ってもらえると嬉《うれ》しいです』

彼が言った。凜にはその笑顔が見えるような気がした。

そして、凜は心を決めた。立ち向かうことに決めたのだ。

「わたし、決めました。石黒と話し合ってみます。どう考えても、悪いのはあの男ひとりで、わたしには何ひとつ落ち度がないんです。それなのに、こんなふうに脅されて性の奴隷にされるなんて……そんなこと、どうしたって受け入れられません。だから、話し合います。何とかして、あの男を説得します」

宣言でもするかのように、強い口調で凜は言った。「もし、わたしの映像をバラまくようなことをしたら、警察に通報して、あの男の人生も終わりにしてやります。わたしが本気でそう言えば、あの男だって下手な真似はできないはずですから」

『石黒っていう男は、話が通じるようなやつなんですか？』

心配そうな口調で鈴木周平が尋ねた。

「通じるのか、通じないのかはわかりません。でも、そうすることにします。あの男と話し合うことにします」

凜はまた宣言するかのように言った。体の中に高揚感が広がるのがわかった。

『やっぱり僕には賛成できませんが、先生は自分でこうと決めたら頑としてそれを貫き通す性格ですよね？』

「鈴木さん、わたしのことを本当によくご存知ですね？」

凜はまた笑った。「鈴木さんのおっしゃる通り、わたしはとても頑固なんです。だから、わたしのしたいようにさせてください」

『警察に相談するのは、どうしても嫌なんですね？』

「はい。警察はもう懲り懲りです」

『そうですか。僕にはどうしても賛成できませんけれど、先生がそこまでおっしゃるなら、しかたないですね』

男が言い、凜は「ありがとうございます」と言って、もう一度笑った。


本当は鈴木周平ともっと話していたかった。話している途中で、『会いたい』という言葉が、何度も口から出かかった。

けれど、凜は「それじゃあ、鈴木さん、今夜はこれで」と言って電話を切ろうとした。一度も会ったことのない男と、こんなふうにいつまでも親しげに話しているのはおかしい気がしたのだ。

『あっ、ちょっと待ってください』

凜がスマートフォンから耳を離しかけた時、そこから特徴に乏しい男の声が響いた。

「はい。まだ何か？」

授業をしている時のような毅然《きぜん》とした口調で凜は訊いた。

『今夜は加納先生とお話ができて、本当に嬉しかったです。僕は先生を昔から知っていますが、こんなふうに話をしたのは今夜が初めてです。ありがとうございました』

男のその言葉は、かなり気にかかった。けれど、今夜はやはり、彼との電話は終わりにするべきだった。

「わたしも鈴木さんとお話ができてよかったです。それじゃあ、今夜はこれで失礼します。おやすみなさい」

『おやすみなさい、加納先生。先生の幸運を祈ります』

静かな口調で男が言い、凜は笑みを浮かべたまま電話を切った。

そう。電話を切った時の凜の顔には笑みが浮かんでいた。けれど、十秒と経たないうちに笑みは消えた。強い恐怖が甦《よみがえ》って来たのだ。

あしたの今頃、わたしはどこで何をしているのだろう？　穏やかな気持ちでいられるのだろうか？　それとも、地獄を見ているのだろうか？

それは凜にもまったくわからなかった。

7

その朝、目を覚ました瞬間に、石黒達也は加納凜のことを考えた。はっきりとは覚えていないが、夢の中でもずっと彼女のことを考えていたような気がした。

どんな返事を聞かせてくれるのだろう？　性の奴隷になることを、渋々ながらも承諾するのだろうか？　それとも、こんなことはやめてください、許してくださいと、泣きついて来るのだろうか？

あれから何をしていても、頭に浮かぶのはそのことばかりだった。

ベッドに上半身を起こすと、石黒は散らかった室内をぼんやりと見まわした。彼が暮らしているのは、学校から歩いて十五分ほどの安アパートの一室で、アパートの周りは畑ばかりだった。

わずかに開いたカーテンの隙間から、春の朝の強い光が細く差し込んでいた。その光の中を無数の埃《ほこり》がふわふわと、漂うかのようにさまよっていた。予報の通り、きょうもいい天気になりそうだった。

前夜の石黒は、ホテルの一室で撮影した加納凜のオーラルセックスの映像を見ながら、二度に亘《わた》って自慰行為をした。それはアダルトビデオを見ながらの自慰行為の何倍、いや、何十倍もの快楽を彼にもたらした。

「昼休みが楽しみだなあ」

目に滲《にじ》んだ涙を毛深い手の甲で拭《ぬぐ》いながら、誰にともなく石黒は言った。脂ぎったその顔には、無意識のうちに笑みが浮かんでいた。

少し前まで石黒は、加納凜に好かれたい、彼女と恋仲になりたいと思っていた。できることなら、彼女を妻にしたいと考えていた。

あの頃はいつも苦しかった。誘いを断られるたびに感じる悲しさは堪え難かった。

けれど、これからはもう、苦しむことも、悲しむこともなくなるのだ。

そう。石黒は好かれることを諦《あきら》め、憎まれることに決めたのだ。恨まれ、嫌われ、蔑《さげす》まれることに決めたのだ。

そう決めてしまえば、楽なものだった。


その朝、石黒が職員室に足を踏み入れた時には、加納凜はすでにそこにいた。石黒の机から少し離れた自分の席で書類らしきものを広げていた。

今朝の彼女は白い長袖《ながそで》のブラウスに、緑色のタータンチェックのロングスカートという格好だった。長い黒髪はいつものように、後頭部でひとつに束ねられていた。

そのつややかな黒髪を抜けるほど強く鷲摑《わしづか》みにして、彼女の口を荒々しく犯していた時のことを、石黒は思い出した。その時の彼女の切なげに歪《ゆが》んだ顔や、塞《ふさ》がれた口から漏れていた苦しげな呻《うめ》き声や、すぼめた唇から絶え間なく溢《あふ》れ出ていた唾液《だえき》を思い出した。

ただ、それだけのことで、ズボンの中の男性器が急激な膨張を始めた。

自分の机に向かう前に、石黒は加納凜に歩み寄った。そして、ボールペンを動かし続けている彼女の背後に立つと、乳房を背後から荒々しく揉《も》みしだいてやりたいという欲望を抱きながら、華奢《きゃしゃ》な背や細くて長い首をじっと見つめた。

加納凜の目の前には大きな窓があり、そこから広々とした校庭と、登校して来る生徒たちの姿がよく見えた。まだ四月だというのに、照りつける朝日は強烈で、生徒たちの影が校庭に濃く刻まれていた。南から吹き込む暖かな風が、花壇の花をゆっくりと揺らし、女子生徒たちのスカートの裾《すそ》をなびかせ、校庭に白っぽい土ぼこりを舞い上げていた。

石黒は再び加納凜の背に視線を戻した。白い木綿のブラウスの向こうに、浮き上がった肩甲骨がうっすらと見えた。

あの晩、石黒は、天使の翼のような彼女の肩甲骨をじかに見たのだ。彼女の脇腹に浮き出た肋骨《ろっこつ》をじかに見たのだ。

それを見た男は、彼のほかにはひとりかふたりしかいないはずだった。

そう思うと、優越感にも似た感情が心の中に広がっていった。

彼の視線に気づいたらしい加納凜が、長い首をよじるようにして振り向いた。

「何かご用ですか？」

女が石黒を見つめた。その顔がひどく強《こわ》ばっていた。

そのことが石黒を喜ばせた。自分が完全に優位に立っていると感じられたのだ。

そう。負けることは考えられなかった。どう転んだとしても、加納凜は自分の性の奴隷に身をやつすのだ。

「おはようございます、加納先生」

余裕の笑みを浮かべて石黒は言った。「ご機嫌はいかがですか?」

「いつもと変わりません」

加納凜が短く答えた。

「いつもと変わらない? 大変な決断を迫られているというのに度胸があるんですね」

覗《のぞ》き込むかのように加納凜の目を見つめて石黒はまた笑った。

石黒に向けられた女の顔には、怒りや憎しみ、嫌悪や蔑みが、あからさまなほどに表れていた。

だが、彼女がどう思おうと、そんなことはどうでもよかった。

憎みたいだけ憎めばいい。蔑みたいだけ蔑めばいい。

自分の席に着き、朝いちばんの授業の準備を始めながら石黒は思った。

加納凜にどんな策があるのかはわからなかった。けれど、逆転の一手など、どこにも存在しないはずだった。

8

午前中の最後の授業を、石黒達也は十分ほど早く切り上げた。そして、職員室には戻らず、昼食もとらず、第三面談室へと足早に向かった。

狭い面談室に入るとすぐに、石黒は机の上に置いたノートパソコンを立ち上げた。そのパソコンをワンクリックするだけで、加納凜を地獄に突き落とせるのだということを……彼女の猥褻《わいせつ》な映像を、すべての学校関係者に一斉送信できるのだということを、すぐ目の前で彼女に示すためだった。

パソコンの準備を済ませるとほぼ同時に、授業の終わりと昼休みの始まりを告げるチャイムが響き渡った。

石黒は無言でドアを見つめた。そして、もし、彼女が提案を受け入れてくれたら、この部屋でさっそくオーラルセックスをさせてみようか、などと考えた。

悩ましげに顔を歪めて男性器を頬張っている加納凜の姿を思い浮かべてみると、またしても男性器が硬直し始めた。廊下を歩く教職員や生徒たちの足音を聞きながらオーラルセックスをさせたら、さぞ興奮するに違いなかった。

加納凜がドアを開けたのは、チャイムが鳴ってから十分ほどがすぎた時だった。

「遅かったんですね。授業が長引いたんですか？」

石黒が尋ねたが、女は返事をしなかった。蔑みや嫌悪のこもった目で、彼を冷たく見つめただけだった。

「怖い顔して突っ立ってないで、そこに座ってください」

石黒は自分のすぐ脇の椅子を示した。けれど、女はそこにではなく、机を挟んだ向かい側に無言のまま腰かけた。

女は長い睫毛《まつげ》の持ち主だった。その睫毛が目の下に大きな影を落としていた。ファンデーションのない皮膚はつるりとしていて、合成樹脂でできているかのようだった。

「加納先生、きょうも臍《へそ》にはあのハート形のピアスを嵌《は》めているんですか？　足の爪には今も、ど派手なジェルネイルが光っているんですよね？」

蔑みの表情をあえて浮かべて石黒は訊《き》いた。

女は返事をしなかったけれど、整ったその顔に悔しそうな表情が浮かんだ。

女のその顔が石黒のサディスティックな部分を心地よく刺激した。そして、彼は女をもっと悔しがらせてやろうと思った。その神経を逆撫《さかな》でしてやろうと思った。

「誰も知らないけど、本当の加納先生は淫乱《いんらん》女ですもんね？　エロ下着の写真を自撮りして喜んでいるような人ですもんね？　きっと、夜ごとに、破廉恥な声を張り上げてオナニーをしているんでしょうね」

それを耳にした瞬間、女がさらに悔しそうな顔した。けれど、やはり女は何も言わなかった。

女の顔を見つめ返して彼は笑った。勝ち誇ったかのような気分だった。

「結論からお聞かせください。加納先生はこれからも僕と関係を持っていただけるんですよね？　これからも週に一度か二度、セックスの相手をしてもらえるんですよね？」

石黒は返答を待って女の目を見つめた。

「石黒先生……ご相談があります」

その大きな目を石黒に向け、ためらいがちに女が言った。眉《まゆ》のあいだに刻まれた深い縦皺《たてじわ》を見て、石黒はまた、彼に犯されていたときの女の顔を思い出した。

「この期に及んで、いったい何を相談するんです？」

石黒は笑った。楽しくてしかたなかったのだ。

「石黒先生が盗撮した映像ですが……わたしに買わせてもらえませんか？」

「加納先生が買う？」

「ええ。わたしに買わせてください。そんなにたくさんのお金があるわけではありませんが、できる限り支払います。百万円……いや、二百万円支払います。石黒先生、それですべてを白紙にしてください」

縋《すが》るような顔をしてそう言うと、女が椅子から立ち上がった。そして、ひんやりとした床に正座をし、リノリウムのタイルに額を擦《こす》りつけるようにして頭を下げた。「お願いします、石黒先生。この通りです。これで見逃してください。こんなことは、これっきりにしてください。お願いします。お願いします」

女のその態度が、石黒をさらに有頂天にさせた。

そう。彼は今、あの加納凜に……いつも毅然《きぜん》としているあの加納凜に、土下座をさせているのだ。

有頂天にならずにはいられなかった。

「勘違いしないでください」

床にうずくまり、こちらを見上げている女を見下ろし、ゆっくりとした口調で石黒は言った。「僕はお金なんて欲しくない。僕が欲しいのはね……加納先生、あなたなんです」

「石黒先生、そんなことおっしゃらないでください。だったら、もっと支払います。そうですね……三百万でどうですか？　三百万で手を打っていただけませんか？」

リノリウムのタイルに両手を突いたまま、女が彼にさらなる提案をした。女のその態度が、彼の中に棲《す》むサディストを一段と刺激した。

「加納凜、お前もわからないやつだなっ！」

声を凄《すご》ませながら、彼は女に歩み寄り、その髪を左手でがっちりと鷲摑《わしづか》みにした。

「あっ！　いやっ！　乱暴はやめて……やめてください」

今にも泣き出しそうに女が顔を歪《ゆが》めた。

「舐《な》めるんじゃねえっ！　俺は金になんか困ってないんだよっ！」

鷲摑みにした女の髪を強く引っ張りながら、石黒は大声で怒鳴った。髪の何本かが抜けるのがわかった。

「ああっ。乱暴はやめて……やめて……やめて……」

彼を見つめて女が訴えた。

「やめて欲しいなら、つべこべ言わず、俺の性の奴隷になればいいんだっ！」

石黒は怒鳴るように言うと、床にうずくまっている女の左の頰を右手でしたたかに打ち据えた。ピシャッという鋭い音が、狭い部屋の中に大きく響いた。

その瞬間、女の顔が真横を向いた。

女はしばらくのあいだ、顔を横に向けたまま動かずにいた。

ドアの向こうを誰かが歩いている音がした。甲高く鳴く鳥の声が聞こえた。強く張られた女の頰が、見る見る赤くなっていくのがわかった。

やがて女がゆっくりと彼のほうに顔を向けた。

整った女の顔からは怯《おび》えが消え、その代わりに、鬼のようにさえ見える形相が浮かび上がっていた。

9

髪を摑んでいる石黒の手を払いのけ、女がゆっくりと立ち上がった。

「石黒先生、あなたって、こっちが下手に出てると、どこまでもつけ上がる人なのね」

憎しみに満ちた目で彼を見つめ、吐き捨てるかのような口調で言った。「あなたみたいに卑劣な男の性の奴隷になる女が、この世のどこにいるっていうの？」

彼はわずかにたじろいた。女の全身から凄《すさ》まじいまでの怒りが、ゆらゆらとオーラのように立ち上っているのを感じたのだ。

「加納凜……貴様……本気で言ってるのか？」

石黒は訊いた。女の剣幕の激しさに動揺し、顔が強《こわ》ばっていた。

「あなたみたいな最低最悪の男と寝るなんて、金輪際、願い下げですっ！」

女が目を吊《つ》り上げ、ヒステリックに宣言した。

その言葉に石黒は激しく苛立《いらだ》った。凄まじいまでの怒りも覚えた。

「そうか、わかった。よーくわかった。受け入れられないなら、貴様の映像をバラまくだけだ。今ここで、バラまく。それでいいんだな？」

全身が熱くなるのを感じながら、石黒は女の顔を見つめた。「パソコンのここをクリックするだけで、俺の足元にひざまずいてフェラチオをしている貴様の映像が、すべての学校関係者に送信されるんだぞ。貴様が四つん這《ば》いでヒーヒー言ってるやつや、俺の精液を飲み下している映像を、みんなが目にすることになるんだぞ。それでいいんだな？」

「やれるものなら、やったらいいわっ！」

「何だって？」

「だから、やりたければ、やれって言ってるんですっ！」

整った顔に、あからさまな蔑《さげす》みを浮かべた女が、挑発するかのような口調で言った。

「もし、やったら復讐《ふくしゅう》します。警察に通報します。そうしたら、あんたは刑務所に直行よっ！」

「俺は本気だ。貴様のエロ映像を、本気でバラまく。ここをクリックすれば、それでお前の教師生命は終わりだ。本当にそれでいいんだな？」

再び身を乗り出すようにして石黒は言った。

「やりたいなら、やりなさいっ！　何度も言わせないでくださいっ！　どれほど脅されたって、わたしは二度とあなたみたいに臭くて、毛深くて、薄汚い醜男《ぶおとこ》と寝るつもりはありませんからっ！」

さらに目を吊り上げ、ヒステリックな口調で女が言った。

「貴様っ……口を慎めっ！」

無意識のうちに、石黒は拳《こぶし》を強く握り締めた。込み上げる怒りと興奮のために、体がぶるぶると震えた。

けれど、女は口を閉じるどころか、さらなる暴言を石黒に投げつけて来た。

「あなたは本当に臭いんです。耐えられないほど臭うんです。みんな我慢しているのを知らないんですか？」

顔を赤く染めて女が言い捨てた。口から唾液《だえき》が飛ぶのが見えた。

女のヒステリックな反応は意外だった。奥ゆかしくて淑《しと》やかなはずの彼女の口から飛び出した、暴言の数々も意外だった。

暴言が投げつけられるたびに、石黒は石をぶつけられたかのような痛みを感じた。毛深いことや体臭が強いことは、彼がひどく気にしていることだった。

「このアマっ！　俺は黙れと言ってるんだっ！　聞こえないのかっ！」

大声で叫ぶと、石黒は左右の拳で机を強く叩《たた》いた。

けれど、女はやはり黙らなかった。顔を真っ赤に染めて、ヒステリックな口調で暴言を吐き続けたのだ。

「ちょっと、近づかないでくださいっ！」

女が声を張り上げた。その声が石黒の耳にビンビンと響いた。「石黒先生、あなた、自分の体や息がどれほど臭いか知っているんですか？　あなたみたいに穢《けが》らわしい男と寝るぐらいなら、熊か豚とでも寝たほうがマシですっ！」

その言葉を耳にした瞬間、石黒の心が壊れた。ガチャンというその音が、石黒には確かに聞こえた。

今の今まで、自分があの映像を本当にバラまくとは思わなかった。そんなことをすれば、加納凛の教師生命は終わりかもしれなかったが、石黒自身のそれも終わりになるはずだった。それどころか、女が言ったように、石黒は逮捕され、囚《とら》われの身になるのだろう。もちろん、懲戒免職になり、退職金は一円ももらえないはずだった。

だから、そんなことはしないつもりだった。すべてはただの脅しのつもりだった。

けれど、込み上げる激情が、彼から冷静さを奪った。

先のことは考えなかった。とにかく今は、目の前にいる女にギャフンと言わせてやりたかった。とにかくその女に、立ち直れないほどの打撃を与えてやりたかった。

「よし、わかったっ！　交渉は決裂だなっ！」

女を睨《にら》み返して石黒は怒鳴った。「加納凜、貴様のエロ映像をバラまく。今、ここでバラまく。覚悟しろっ！」

次の瞬間、石黒はパソコンを操作した。そして、そこに保存されていた加納凜の映像を、全生徒と保護者たち、そして、全教職員に送信した。

「よし、送ったっ！　たった今、貴様のエロ動画をバラまいたぞっ！」

満面の笑みを浮かべ、大声で石黒は言った。


その瞬間、女が口を噤《つぐ》み、目をいっぱいに見開いた。整ったその顔に、凄まじいまでの恐怖と驚きが浮かび上がった。

いい気味だ。ざまあみろ。俺の恐ろしさを思い知ったか。

薄ら笑いを浮かべて石黒達也は思った。本当にいい気分だった。

だが、勝ち誇った気分でいられたのは、ほんの少しのあいだだけだった。

次の瞬間、石黒はぶるるっと身震いをした。体の中に凄まじいまでの恐怖が広がっていったのだ。

そう。石黒はしてはならないことを、してしまったのだ。加納凜だけでなく、自分自身をも地獄に突き落とすようなことをしてしまったのだ。

ああっ、ダメだ！　やっぱり中止だ！

ひどく狼狽《ろうばい》しながら、石黒はたった今、自分が流出させた映像を取り戻そうとした。

けれど、もはやできることは何もなかった。

世の中には、努力で取り返せることと、取り返しのつかないことのふたつがある。そして、今、石黒がしたことは後者だった。

もうすでに何人かが……もしかしたら、何十人もが、加納凜の猥褻《わいせつ》な映像を目にしているかもしれなかった。今、この校内にいる者たちの中にも、すでに見た者がいるかもしれなかった。

やっちまった……俺はとんでもないことをやっちまったんだ。

石黒は猛烈にうろたえた。

「本気じゃなかったんだ……こんなこと……本当にするつもりはなかったんだ……」

目の前にある女性教師の顔を見つめ、言い訳をするかのように石黒は言った。その声がひどく上ずり、震えていた。

女に何か言ってもらいたかった。次善の策を一緒に考えてもらいたかった。

けれど、女は何も言わなかった。まるで石になってしまったかのようだった。

「あああーっ！　どうしたらいいんだっ！　いったい、どうしたらいいんだっ！」

パニックに襲われた石黒は、両手で自分の髪を滅茶苦茶《めちゃくちゃ》に掻《か》き毟《むし》った。

けれど、女はやはり何も言わなかった。壊れかけたオモチャの人形のように首を左右にゆっくりと振り、焦点の定まらない視線をこちらに向けているだけだった。

「加納先生……あなたが悪いんですよ……本気じゃなかったのに……あなたが挑発するようなことを言うから……だから、僕もついカッとしてしまったんです」

茫然自失《ぼうぜんじしつ》の状態に陥っているらしい女を見つめ、喘《あえ》ぐように石黒は言った。

そんなことを言っても、何の意味もないことはわかっていた。けれど、言わずにはいられなかった。誰かを責めずにはいられなかった。

やがて女がゆっくりと椅子から腰を浮かせた。

立ち上がった女は無言のままふらふらと、さまようかのようにドアまで歩いた。そして、無言のままドアを開け、無言のままその小部屋を出て行った。

10

昼休みが終わる少し前に、石黒は重い足取りで職員室へと戻った。これからのことを想像すると、強烈な吐き気が込み上げて来た。

職員室に戻った彼は素早く室内を見まわした。けれど、そこに加納凛の姿はなかった。

職員室にはいつもとは明らかに違う空気が漂っていた。間もなく午後の授業が始まるというのに、教師たちは教室へと向かう準備もせず、職員室のあちらこちらに数人ずつが寄り集まっていた。

彼らの多くはとても深刻な顔をしていた。加納凜の親友の三浦智佳は、今にも泣き出しそうな顔をしていた。

けれど、何人かの男の顔には、下品とも見える表情が浮かんでいた。薄ら笑いを浮かべている男性教師もいた。

彼らが何を話しているのか、石黒にははっきりとは聞き取れなかった。それでも、『加納先生』という固有名詞が時折耳に入って来た。

「あの……何かあったんですか？」

声が上ずらないように気をつけながら、石黒はすぐそばにいた同僚教師にそう尋ねた。

石黒より少し年下の物理の教師だった。

「ああっ、石黒先生。石黒先生はまだご覧になっていないんですね？」

「何のことです？」

しらばっくれて石黒は訊《き》いた。

「ついさっき、みんなにいっせいにメールが送られて来たんですが、そこに……何ていうか……とても信じられないような動画が添付されていたんです」

眉《まゆ》をひそめるようにして物理の教師が言った。

「どんな動画なんです？」

なおも石黒はしらばっくれた。

「ええっと……たぶん、石黒先生にも同じものが届いているはずですから、ご自分でご覧になるといいですよ。あの……ものすごい映像です。特に、この学校の関係者にとっては、とてもショッキングな映像です」

「そのショッキングなメールの送信主は……あの……何者ですか？」

若い物理の教師に顔を寄せるようにして石黒は訊いた。今はそれがいちばん気になっていることだった。

加納凜の映像を流出させるにあたって、自分が送信したことがわからないように石黒は新しいアドレスを用意した。それでも、やはりそれが心配だった。

「誰が送ったのか、今はまだわからないようです」

物理の教師が首を左右に振った。

石黒は小さく頷《うなず》いたが、不安は広がっていくばかりだった。

おそらく、隠し通すことは困難だった。遅かれ早かれ、加納凜にオーラルセックスを強いている毛深い男が石黒であることは、ここにいるすべての人が知ることになるはずだった。そして、その時には、石黒はこれまで必死で積み上げて来たもののすべてを失うだけでなく、卑劣な犯罪者として人々から白い目を向けられた末に、法の下に裁かれることになるに違いなかった。

その時、職員室に慌てた様子の校長が駆け込んで来た。教頭と各学年の学年主任が一緒だった。

「みなさん、聞いてください」

ドアのところに立った校長が、職員室を見まわすようにして言った。

その言葉に、ざわついていた職員室がしんと静まり返った。

「わたしたちに送られて来たのと同じメールが、生徒やその保護者たちにも届いていることがわかりました」

興奮に顔を赤く染めた校長が叫ぶように言葉を続けた。「一部の生徒の動揺が激しいようですので、本日の午後の授業は取りやめることにします。担任を受け持っている先生がたは、自分のクラスの生徒たちを速やかに帰宅させてください。生徒たちには緊急の教職員会議が行われると説明してください。部活動もすべて中止にしてください。あした以降のことについては、追って、わたしから連絡いたします」

校長の言葉を聞いて、石黒は自分がしでかした事の大きさを改めて思い知った。恐怖と不安がさらに膨らみ、頭がおかしくなってしまいそうだった。

「どなたか加納先生を見かけたかたはいらっしゃいませんか？」

今度は二年生の学年主任の村田静子が大きな声で訊いた。

けれど、それに答えた教職員はいなかった。

自分のクラスの生徒たちに午後の授業の中止を伝えて職員室に戻った石黒を、学年主任の村田静子が待っていた。

「石黒先生、お待ちしていました」

黒いアイラインに縁取られた目で、村田静子が睨《にら》みつけるかのように石黒を見つめた。その目を見た瞬間、石黒の心臓が跳ね上がった。

「あの……僕を待っていらしたんですか？」

「ええ。石黒先生にお話があるので、校長室に行ってください」

命じるかのように村田静子が告げた。

「あの……どんな話ですか？」

石黒は微笑んだけれど、心の中では悲鳴を上げていた。

「問題のメールの件で、お訊きしたいことがあります」

石黒に向けられた村田静子の目には、嫌悪と軽蔑《けいべつ》とが満ちていた。

「あの……僕は何も知りません。問題のメールもまだ見ていないんです」

上ずりそうになる声を懸命に抑えて石黒は言った。

「あのメールを送信したのは、石黒先生だという情報があります。あそこに映っている男が石黒先生だという情報もです」

学年主任の口調はいたたまれなくなるほどに刺々《とげとげ》しいものだった。

「そんなガセネタを流したのは……あの……いったい誰なんですか？」

「彼女は僕を嵌《は》めようとしているんです」

「加納先生からの情報です」

その言葉を耳にした瞬間、頭の中が真っ白になった。

「そんな……嘘です……それはガセネタです……彼女は僕を嵌《は》めようとしているんです……破滅させようとしているんです」

喘《あえ》ぐように石黒は言った。恐怖のあまり、尿を漏らしてしまいそうだった。

「その辺りのことを詳しく伺う必要があります。今すぐ校長室にいらしてください」

村田静子がさらに冷たい目で石黒を見つめた。

次の瞬間、石黒は何も言わずに走り出し、職員室を飛び出した。背後から学年主任が自分を呼ぶ声が聞こえたが、足を止めることはなかった。

終わりだった。これで何もかもが終わりだった。

最終章

1

帰宅した凜を、いつものように、玄関で太った黒猫が出迎えてくれた。

凜はたたきにうずくまり、黒猫の体を両手で強く抱き締めた。必死で抑えていた涙がまた流れ始めた。

自宅に戻る途中、コンビニエンスストアの駐車場に車を停めて、執拗《しつよう》に鳴り続けているスマートフォンを取って学年主任の村田静子と話した。学年主任は声を荒らげることもなく、凜に学校に戻って来て事情を説明するよう穏やかな口調で求めた。

そんな村田静子に凜は、あの映像をネタに石黒に脅されたことや、石黒が自分の目の前であの映像を流出させたことを報告した。けれど、あまりにも動揺していたために、ほかに自分が何を言ったのかを、凜はほとんど覚えていなかった。

話している途中で感情がひどく高ぶり、声を上げて泣いたことは覚えている。覚えている。だが、その後、自分がどうやって自宅に戻って来たのかはよく覚えていなかった。覚えているのは、車を運転しながらずっと、『これで終わりだ』と考えていたことだけだった。

自宅に戻る車の中でも、家に戻って来てからも、スマートフォンは鳴り続けていた。電話の呼び出し音と、メールの着信音の両方だった。

けれど、凜は電話に出なかった。メールを読むこともしなかった。非難されたくなかった。慰められたくもなかった。放っておいてほしかった。ひとりにしておいてほしかった。もう、すべての人と縁を切りたかった。

凜は涙を流し続けながらパンプスを脱ぎ捨て、黒猫を抱いて寝室へと向かった。主人の様子がおかしいことを敏感に察した黒猫が、心配そうに「にゃー、にゃー」と鳴いた。

時計に目をやると、その針は午後二時十分を指していた。ということは、ちょうど二時間前に、凜は石黒達也と会うために第三面談室に向かっていたという計算だった。

二時間前の凜は、目の前に横たわっている問題を、何とかして解決しようと考えていた。石黒のことなどまったく信用していなかったが、彼が盗み撮りした映像を本当にバラまくことになるとは想像さえしていなかった。

二時間前、第三面談室に向かっている時の凜は、石黒を説得するつもりでいた。二度と体を許すつもりはなかったが、金で解決できるものなら、そうしてもいいと思っていた。あるいは、彼が何か別の要求をして来たら、その要求によっては応じることも考えていた。少なくとも、彼を逆上させ、あんな破滅的な行動を取らせてしまうつもりはなかった。

そう。凛は話し合うことで、問題を解決するつもりだったのだ。あるいは、石黒という男の情けに縋《すが》ろうとしたのだ。だからこそ、土下座までしてみせたのだ。

けれど、土下座の最中に髪を鷲摑《わしづか》みにされ、強く頰を張られた瞬間、冷静で思慮深い凛はどこかに消え、代わりに、母親にそっくりな女が凛の肉体を支配してしまった。

どうして、あんなにカッカしてしまったんだろう？

ベッドに身を横たえ、頭から毛布を被《かぶ》って涙しながら、凛はそんなことを考えた。自分の中に、あれほどヒステリックで、あれほど攻撃的な女が存在していたとは、今になっても信じられなかった。

だが、そうなのだろう。凛の体には母と同じ血が流れているのだろう。その忌まわしい血が、凛にヒステリーを起こさせ、石黒を攻撃させたのだ。そのおぞましい血が、凛を破滅へと追い込んだのだ。


凛がベッドに身を横たえていると、来客を告げるチャイムの音がした。

ベッドを出た凛は、インターフォンのモニターにゆっくりと歩み寄った。窓の外は充分に明るかったけれど、いつの間にか、壁の時計の針は午後五時を指そうとしていた。

モニターには学年主任の村田静子の顔が映っていた。その隣には三浦智佳の顔も見えた。ふたりの顔にはどちらも、とても心配そうな表情が浮かんでいた。

そう。ふたりは心配しているのだ。凜の身を案じているのだ。

その気持ちがありがたくないわけではなかったが、会おうという気にはなれなかった。

ふたりは石黒の足元にひざまずき、口いっぱいに男性器を含んでいる凜の姿を見ているのだ。そんなふたりに、いったい、どんな顔をして会えというのだろう?

心配そうな様子を見せてはいても、真面目なふたりは心のどこかで蔑《さげす》んでいるのかもしれなかった。凜のことを性的にだらしのない女だと考えているのかもしれなかった。

凜が応じないので、ふたりは諦《あきら》めたようだった。しばらく待ってみたが、もうインターフォンが鳴らされることはなかった。

ベッドに戻ろうかとも思った。けれど、凜はそうせず机に向かい、そこに置かれていたパソコンを立ち上げた。

パソコンにはたくさんのメールが届いていた。その中には石黒が一斉送信したあの忌まわしい動画つきのメールもあった。

凜はそれらのメールを読まず、順番に消去していった。これまでに関わって来たすべての人間との関係を、永久に断ち切るつもりだった。

メールの消去を続けていると、ほんの少し前に『鈴木周平』が送って来たメールに目が留まった。

そのメールも消してしまおうかと思った。けれど、そうはせずに、凜は鈴木周平からまっている黒猫を足で愛撫《あいぶ》しながら、凜はそれを読み始めた。

彼からのメールはかなり長いものだった。椅子の背もたれに体を預け、足元にうずく

のメールを開いてみた。

2

加納先生、こんにちは。

先生が卑劣な教師との話し合いを無事に切り抜け、穏やかな気持ちでこれを読んでくれることを心の底から祈りながら、僕は今、パソコンに向かっています。

きのう先生と初めて電話で話してから、僕はかなり浮かれた気分で、ずっと先生のことを考えています。先生のことばかり考えています。

先生もご存知のように、僕は先生のことを、とてもよく知っています。もしかしたら、先生以上に知っています。

それなのに、先生は僕のことをほとんど知りません。それでは先生は僕を信じることなんて、どうしたってできませんよね。

それで、僕はこれから先生に、自分がどんなふうに育ち、今はどんなふうに生きているのかを、できる限り正直にお伝えしようと思います。

と言っても、僕は何者でもないのです。どこにでもいる凡庸な男のひとりにすぎない

のです。いや、たぶんそれ以下の存在で、まったく社会の役に立っていないのです。

だから、もし興味がなければ、これから先は読まなくても結構です。読んではもらえないことを前提に、とにかく書いてみます。僕には時間があるのですよ。

さて、僕は先生と同じ年の九月に、新潟県柏崎《かしわざき》市という海辺の街で生まれました。当時、僕の父は地方銀行の行員で、母は地元の海産物の直売所で働いていました。三歳年上の孝平《こうへい》という兄がいました。

兄の孝平は優秀な子供でした。勉強もできたし、スポーツもできた。音楽や美術の才能もあった。おまけに、すらりと背が高くて、ハンサムで、バレンタインデーや誕生日には何人もの女の子たちからプレゼントをもらっていました。彼は羨《うらや》ましくなるほどに、何もかも持って生まれたのです。

それに引き換え、弟の僕には取り柄がまったくありませんでした。それはまるで、両親の中にあった『いいもの』のすべてを、兄が持って行ってしまったかのようでした。

僕は勉強もできなかったし、運動もダメでした。音楽や美術は好きですが、その才能にも恵まれませんでした。非社交的で、内向的で、人と話すのが苦手だった僕には、友達と呼べるような者もいませんでした。

僕がそんなふうでしたから、必然的に、両親の関心は優秀な長男に集まりました。鈴木家の家族構成は、父と母と長男の三人で、僕はペットのような存在だったのです。

いや、違います。我が家にはジャスミンという名の雌のトイプードルがいましたが、鈴木家の次男はジャスミン以下の存在でした。ジャスミンは家族から絶えず話しかけられていましたが、僕には父も母も兄もほとんど話しかけませんでしたから。

あの頃の僕は、自分のことを石ころや雑草みたいだと思っていました。

そうです。石ころや雑草です。都会の道ではあまり石ころは見かけませんが、田舎道にはどこも石ころが転がっていますよね。道の端っこには名もない雑草もたくさん生えていますよね。

僕はそんな石ころみたいな子供だったのです。誰ひとり見向きもしない雑草みたいな子供だったのです。

ねえ、加納先生、庭に敷かれている平べったい石をひっくり返してみたことがありますか？　その石の裏側がどんなふうになっているのか、先生はご存知ですか？

ほとんどの人は興味を抱かないし、国語が専門の先生も関心はないかもしれませんが、敷石の下にはたいてい、たくさんの小さな生き物がいるのです。湿った土と敷石のあいだの狭い空間に、数えきれないほど多くの生き物が暮らしているのですよ。

その名もない生き物の一匹が僕です。

先生のご実家のすぐ近くに、『破間川《あぶるま》』という川が流れていましたよね？　ご実家にいた頃には先生も、破間川に行ったことがおありでしょう？

先生はその川でカワセミを見たことがありますか？

僕は破間川で何度となくカワセミを見かけました。カワセミが魚を獲《と》る瞬間も何度か目にしました。

破間川ではきょうもきっと、カワセミが魚を獲っているはずです。破間川だけではなく、日本中の川でカワセミが魚を獲り続けているはずです。

けれど、カワセミに獲られた魚のことを誰も考えません。そこに泳いでいたことも考えないし、そこからいなくなったことも考えません。考えようともしません。

その魚の一匹が僕なのです。

先生、僕はそういう子だったのです。誰からも必要とされず、存在していることさえ誰にも気づかれないような、地味で目立たない子だったのです。

そんな僕が加納先生をいつ知ったか、これからお話しします。

読んでいるうちに、凜は胸が激しくざわつくのを感じた。『破間川』という固有名詞が出て来たからだ。

破間川は凜が生まれ育った家からそれほど遠くないところを流れている川で、高校生の頃まではよく散歩に行ったものだった。

その川では凜も何度となくカワセミの姿を目にしていた。青い宝石のようなカワセミが、川に飛び込んで魚を捕獲する瞬間を目撃したことも何度かあった。

カワセミが魚を獲った時に、拍手してやりたいような気持ちになったことは覚えていけれど、凜が獲られた魚を哀れだと感じたことはなかった。カワセミの胃袋に納まった魚のことを考えたこともなかった。

だが、鈴木周平が書いたことは事実なのだ。川を泳ぐ魚の一匹一匹に、ただ一度の生の時間があったのだ。カワセミに捕獲された瞬間に、魚たちの一度限りの生は永遠の終わりを迎えたのだ。

けれど、凜は魚についてはそれ以上考えず、再び鈴木周平から送られて来たメールを読み始めた。彼が自分をどんなふうにして知ったのか、一刻も早く知りたかった。

僕が加納先生の姿を初めて目にしたのは、今から十八年前、九歳の春のことです。その春、銀行員だった父の転勤にともなって、僕たち一家は南魚沼郡に引っ越したのです。十八年前の四月から、僕は転校生として自宅から程近い公立の小学校に通い始めました。僕のクラスは四年二組でした。

加納先生、もうおわかりになりましたよね？　小学校の四年生の時に、先生と僕は同じクラスにいたのです。

驚きましたか？　先生は僕をまったく覚えていないでしょうから、驚かれるのは当然のことです。

先生が僕を覚えていなくてもいいのです。僕はそういう子供ですから、覚えているほうがおかしいのです。

保育園でも小学校でも、僕に関心を向ける子供はひとりもいませんでした。けれど、僕のほうでも、関心を持った子供はいませんでしたから、その頃はそれでよかったのです。それで『おあいこ』だったのです。

きっと僕は誰かを好きになることはないのだろう。誰かが僕を好きになることも決してないのだろう。

僕はそう確信していました。だから、一生、ひとりきりで生きていくものだと考えていました。

寂しくなんかありませんでした。僕には他人の存在が鬱陶《うっとう》しくてたまらなかったのです。時に両親や兄が話しかけて来ると、それに応《こた》えるのが面倒でたまらなかったのです。

けれど、加納先生。あのクラスにあなたがいた。僕と同じ教室にあなたがいた。

そのせいで、僕の人生観は大きく変わってしまいました。あの日から、目に映るすべてのものが変わってしまったのです。

先生に一目《ひとめ》惚《ぼ》れした？

いや、それとは少し違うのです。あの頃から先生は綺麗《きれい》だったし、素敵だった。だから、同じクラスの男の子たちの多くが、先生のことを好きだった。

もちろん、僕も先生を可愛らしいと思ったし、魅力的だと思いました。でも、僕が先生を好きになったのは容姿が理由ではないのです。

それまで通っていた柏崎の小学校にも、可愛らしい女の子はいました。魅力的な女の子もいました。けれど、僕がそういう女の子を好きになることはありませんでした。

だから、僕にとっては、加納先生が初恋の人なのです。はっきりと言いますが、人生で好きになったただひとりの人なのです。

他人になど関心のない僕が、なぜ先生を好きになったのだろう？

当時の僕にはそれがわかりませんでした。自分が人を好きになるなんて、とても信じられなかったのです。

でも、今ならわかります。

僕が先生を好きになったのは、心が美しかったからです。ありきたりで、曖昧《あいまい》で、漠然とした表現ですが、今では『心が美しい』という表現が、先生を言い表すのにいちばん相応《ふさわ》しいと確信しています。僕は無能で、何の取り柄もない子供でしたが、たぶん、人の心の美しさというものには敏感だったのだと思います。

加納先生と僕が同じ教室ですごしたのは、四月から夏休みが始まるまでのとても短い時間でした。でも、その短いあいだに、僕は先生の心の美しさを何度も感じました。

思いやり、気遣い、親切心、勇気、意志の強さ、忍耐心、淑《しと》やかさ、上品さ、気高さ、品格、自制心……たった九歳の女の子が、どうしてそんな性質を獲得できたのか、僕には今もわかりません。

同じクラスの子供たちも、きっと先生の心の美しさに気づいていたのでしょう。新学期が始まってすぐにあった学級会では、誰かが加納先生を学級委員長に推薦し、クラスのほぼ全員がそれに賛成したと記憶しています。

先生もそれは覚えていますよね？　学級会での僕は一言も発言しませんでしたが、あの時には怖《お》ず怖ずと挙手をして賛成の意を示したのですよ。

その少しあとのことだと記憶していますが、有名になった卒業生が体育館に来て、何かの講演をしたことがありました。全校児童が体育館に集められ、椅子に座ってその人の話を聞いたのです。

今はもう、その卒業生が何をした人なのか覚えていません。女の人だったということは覚えていますが、どんな話をしたのかはまったく覚えていません。僕が覚えているのは、その女の人の話を聞いている時に、急に尿意を覚え始めたということです。

それは我慢ができないほどの強い尿意でした。尿意は刻々と強くなり、じっとしていられないほどでした。

担任の教諭に言って、トイレに行けばよかったのでしょうが、僕にはそれが言えませんでした。当時の僕にできたのは、尿意に耐えながら、一刻も早く講演会が終わるのを祈ることだけでした。

けれど、講演会が終わる前に限界の時が来ました。僕は失禁してしまったのです。漏れた尿が椅子から流れ落ち、体育館の床に広がりました。

すぐに大騒ぎになりました。周りにいた子供たちは、床に広がる尿から逃れようと、大声を出しながら飛び退きました。僕を非難する声や馬鹿にする声もたくさん聞こえました。

でも、その時、加納先生が騒いでいる子供たちに、「こんなことぐらいで騒ぐのはやめなよ」と言ったのです。そして、自分のハンカチを取り出し、床に広がった尿をそのハンカチで拭《ぬぐ》おうとしたのです。

僕は慌ててそれを制止しました。先生のハンカチを僕の尿なんかで汚したくなかったのです。

「鈴木くん、気にすることないよ。トイレに行っておいでよ。大丈夫だよ」

あの時、加納先生は平然とした顔をして僕にそう言いました。

加納先生、覚《おぼ》えていらっしゃいますか？

あの言葉は嬉《うれ》しかった。生まれてからきょうまでで聞いた、いちばん嬉しい言葉です。

3

強い驚きを感じながら、凜は鈴木周平から送られて来た長いメールを読み続けた。

小学四年の時、自分が学級委員長に指名されたことを凜は覚えていた。けれど、鈴木周平という転校生のことはまったく覚えていなかった。同じクラスの少年が体育館で失禁したという出来事については、ぼんやりとながら記憶していた。けれど、その少年の顔も名前も、どうしても思い出すことはできなかった。

パソコンから視線を上げると、凜は無言で首を左右に振り動かした。そして、ふーっと長く息を吐いてから、再びパソコンに視線を戻した。

あの頃、僕は学校に行くのが嬉しくてしかたありませんでした。学校に行けば加納先生の姿を目にすることができるからです。

小学四年生の一学期のあいだ、教室にいる時の僕はずっと加納先生を見ていました。先生の席は窓際の前から三番目で、僕の席は壁側の最後列でしたが、僕はいつだって先生の背中を見つめていたのですよ。

けれど、その幸せは長くは続きませんでした。銀行員だった父が仕事を辞めて、東京で起業することになったからです。父が東京で始めたのは消費者金融の仕事でした。その後、それは成功し、父は大金を得ることになったのですが、それはどうでもいいことです。大切なのは、僕たちが東京に移り住まなければならなくなったことでした。

銀行員だった頃の父は転勤族だったので、僕も転校を繰り返していました。それまでは、転校を嫌だと思ったことはありませんでした。でも、あの時は辛《つら》かった。加納先生の姿を見られなくなるのが辛かったのです。けれど、小学生の僕に選択肢は与えられていませんでした。

夏休みに僕たちは東京に引っ越したのですが、その前日、僕は先生の自宅に行きました。先生に一言、お別れを言いたかったのです。

蒸し暑い日の夕方でした。先生が暮らしていた住宅街には、蟬の声がやかましいほどに響いていました。

先生のご両親はどちらも教師で、その時刻には家にいないということは知っていました。あの時、家の中にいるのは、加納先生だけだということもわかっていました。

先生の家の玄関の前に立って、僕はインターフォンのボタンを押そうとしました。何度もそうしようとしました。

けれど、たったそれだけのことが、僕にはできませんでした。思い返してみれば、僕には先生と話をしたことが、それまでに一度もなかったのです。尿を漏らした時に先生に声をかけてもらいましたが、あの時も、僕はロクに返事もできませんでしたから。

あの日、とても長いあいだ、僕は蟬の声を聞きながら先生の家の玄関前に立っていました。そのうちに辺りが少しずつ暗くなっていき、先生の家の窓に明かりが灯《とも》りました。先生が灯したのでしょう。

僕はその明かりをいつまでも見つめていました。二度ほど、カーテンの向こうを人影がよぎるのが見えました。加納先生、あなたの人影ですよ。

そうするうちに、辺りは真っ暗になり、空には星が瞬き始めました。月も出ていました。

もし、今夜、月が見えれば、その月は大きくて、丸い月になるはずですが、あの晩の月もそんなふうだったことを、僕は今もはっきりと覚えています。

僕が先生の家の前に突っ立って窓を見つめていると、急に背後から女の人が「何か用?」と声をかけて来ました。とても太った、体の大きな女の人でした。

僕はいたずらを見つかった子供のようにしどろもどろになりました。そして、「いいえ。何でもありません」と言って、逃げるようにその場を立ち去りました。

その翌日、僕は家族と一緒に東京に引っ越しました。

そこまで読んで、凜はまたパソコンから視線を上げた。いつの間にか、室内が暗くなっていることに気づいたのだ。

ふと窓の外に顔を向けると、暗くなり始めた空に月が浮かんでいた。鈴木周平が書いている通り、大きくて真ん丸な月だった。

立ち上がって明かりを灯すと、凜はまたパソコンの前に戻った。そして、大柄で太った自分の母と、引っ込み思案な少年との短いやり取りを思い浮かべてみた。

自分の知らないところで、そんなドラマがあったなんて、何だか、とても不思議な気分だった。

改めて椅子に腰を下ろすと、凜はまたパソコンの画面に視線を落とした。

東京に引っ越してからも、僕は加納先生のことばかり考えていました。目の前にいない人の記憶は、日ごとに薄れ、色褪《いろあ》せていくものだという諺《ことわざ》がありますよね？『去る者は日々に疎し』という諺です。けれど、不思議なことに、先生への僕の思いは日々、強くなるばかりでした。先生への強い想いを抱えながら、東京での僕は家の近くの中学校を卒業し、やはり家の近くの都立高校に進学しました。

中学でも高校でも、僕は小学生の時と同じように生きていました。誰からも必要とされない代わりに、誰のことも必要としないという生活です。ひとつの喜びも、ひとつの楽しみもない代わりに、何の苦しみも、何の悲しみもないという暮らしです。

いえ、楽しみはありました。ひとつだけありました。それは先生の姿を想像しながら、自慰行為をすることでした。恥ずかしい告白になりますが、あの頃の僕は毎日のように自慰行為に耽《ふけ》っていたものでした。

そんなある日、小さな事件が起きました。僕は十七歳になったばかりでした。けれど、その事件については、今は書きません。先生には関係のないことですからね。

その事件の三ヵ月後に、兄が亡くなりました。誕生日に父から買ってもらったスポーツカーを運転していての事故でした。

そのことに、両親は嘆き悲しみました。ふたりがあれほど嘆いているのを目にしたのは、あとにも先にもあの時だけです。

けれど、僕には『悲しい』という感情は湧きませんでした。兄のことは嫌いではなかったのですが、涙が出るようなこともありませんでした。

薄情な弟だとお思いですよね？　でも、それが事実だったのです。

さて、その僕ですが、ちょっとしたわけがあって、高校を途中で辞めました。そして、その後は自宅にこもって、何をするでもなく暮らしていました。まあ、今の言葉で言えば『引きこもり』みたいなものです。

その『引きこもり』の暮らしについては、いずれ先生にお教えすることがあるかもしれませんが、今はどうでもいいことです。ほかの『引きこもり』の人たちのことはよく知りませんが、僕に限っては、平穏に暮らしていたと思っていてください。

さて、そんなある日、十八歳の誕生日のお祝いに、両親が僕にパソコンを贈ってくれました。ある特殊な機能がついたパソコンです。

両親からプレゼントをもらったのは、それが初めてだったように思います。兄が亡くなったことによって、ふたりの関心がもうひとりの息子のほうに少しだけ向いたのかもしれません。

とにかく、そのプレゼントは僕の人生を劇的なまでに変えました。そのパソコンは僕にとって、全世界を見ることのできる窓のようなものでした。

僕はパソコンに熱中しました。最初の頃は、そのパソコンを使って本を読んだり、映画を見たり、音楽を聴いたりしました。やがては、『知りたい』と思うことを次々と調べるようになりました。

あの頃の僕は、目を覚ましている時間のほとんどをパソコンの操作に費やしていました。そして、必要だと思われる知識を次々と取り入れていきました。

当時の僕は、かつて感じたことのないほどの充実感を覚えていました。夜、眠る前には、いつも自分が前の日より賢くなっているような気がしたものでした。

そうするうちに、僕はお金というものに関心を持つようになりました。父が株で大損をしたという話を聞いたからです。

父が失敗したことを自分が成功させたら、生まれて初めて自信を持てるのではないかと僕は考えました。そのパソコンがあれば、僕にも金を稼ぐことができるのではないか、自分の生活費を自分自身で産み出すことができるのではないかと考えたのです。

二十歳の誕生日に、僕は両親に現金をねだりました。両親は怪訝《けげん》そうな顔もせず、理由も尋ねず、僕の銀行口座を作り、そこにいくばくかの金を入れてくれました。

その翌日から、僕はその金を元手に株式投資を始めました。そして、瞬く間に巨万の富を手にするようになりました。それはまさに『濡《ぬ》れ手《て》に粟《あわ》』という感じでした。

驚いた父は僕に、どうすればそんなに儲《もう》けられるのかと尋ねました。そんな父に僕は、値の上がりそうな株を買い、値下がりしそうな株を売ってしまうのだと答えました。

父は僕にさらに訊《き》きました。どうすれば、値上がりする株や値下がりする株を見分けられるのか、と。

それは答えるのが難しい質問でした。うまく言葉では言い表せないのです。

強いて言えば、においがするということです。値上がりしそうな株はそういうにおいがするし、値下がりしそうな株もそういうにおいがするのです。

いずれにしても、僕は父以上の金持ちになりました。

僕は実家を離れ、東京の臨海地区の埋め立て地に聳《そび》える超高層マンションの上層階の部屋に暮らし始めました。今、これを書いているこの部屋です。自慢するわけではありませんが、この部屋の購入代金は大手企業のサラリーマンの生涯賃金より高いのですよ。


臨海地区に聳え立つこのマンションで暮らすようになってから、僕は以前よりさらに頻繁に加納先生のことを考えるようになりました。考えるだけでなく、どうしても先生とコンタクトを取りたいと望むようになったのです。

先生に僕のことを知ってもらいたい。先生とメールのやり取りがしたい。先生の声が聞きたい。僕の声を先生に聞いてもらいたい。先生の顔をじかに見たい。

僕はそれを切望しました。

そう。それはまさに切望でした。僕は望み、望み、望み……そして、また望みました。

かつての僕だったら、そんなことは望まなかったでしょう。それはまさしく高望みです。先生と僕とでは、人間としての『格』が違いすぎるのです。僕は先生にはまったく相応《ふさわ》しくないのです。僕にとっての先生は、まさしく『高嶺《たかね》の花』だったのです。

けれど、今は有り余る金が、僕に少しの自信を持たせたようです。

高嶺の花だった先生について、一昨年《おととし》のちょうど今頃から僕は調べ始めました。自分だけの力ではなく、民間の調査会社の手も借りたのです。少しお金はかかりましたが、調査会社は加納先生について、僕が満足できるほどによく調べてくれました。

そして、僕は先生のパソコンに勝手に侵入し、写真の数々を盗み出すことに成功しました。さらりと書きましたが、それは本当に時間と労力のいる作業だったのですよ。

さて、それから先、きょうまでの出来事は、先生がご存知の通りです。

ここまでが僕の告白です。人生のすべてを話したわけではありませんが、あえて隠していることはありません。先生のほうから質問をいただければ、また正直にお答えします。

先生のパソコンに侵入し、写真を盗み出したことを、今では心から申し訳なく思っています。あんなことをして、本当にすみませんでした。許せないかもしれませんが、どうか許してください。

電話でも言いましたが、すべては僕のせいです。もし先生が許してくれるのでしたら、この償いは全人生を懸けてでもしたいと思っています。そして、もし、万一、石黒達也という男が先生を破滅させるとしたら、僕は先生の助けになりたいと思っています。

鈴木周平からの長いメールはそこで終わっていた。

これは本当のことなのだろうか？　こんなことが、本当にあるのだろうか？

凜はパソコンから顔を上げ、目の前の壁を茫然《ぼうぜん》と見つめた。ひとりの人間がこれほど長期間に亘《わた》って、これほど強く自分のことを想っていたということが、凜の気持ちを激しく揺さぶっていたのだ。

凜は机の上のスマートフォンを手に取り、オフにしてあった電源を入れた。

スマートフォンが立ち上がるのを待っていると、急に田代千春のことが頭に浮かんだ。

おそらく、首を吊《つ》って死んだ少女は今の凜と同じ気持ちで、凜に電話をして来たのだ。死ぬ直前に、藁《わら》にも縋《すが》るような気持ちで凜のスマートフォンを鳴らしたのだ。

だが、凜はその電話に出なかった。彼女をみすみす見殺しにしたのだ。

ごめんね、田代さん。ごめんね。ごめんね。

凜は心の中で繰り返した。けれど、死んだ少女について、それ以上は考えなかった。

立ち上がったスマートフォンを手に取ると、凜は鈴木周平に電話をした。

わずか一度の呼び出し音のあとで、男の声が『はい、鈴木です』と応《こた》えた。

「鈴木さん……会いたい……会いたいの……」

手の中のスマートフォンを握り締め、呻《うめ》くかのように凛は声を出した。そのセリフは凛自身にとっても思いがけないものだった。

4

車に乗って自宅を出た時には、すでに辺りは真っ暗になっていた。空に浮かんだ丸い月は、最初に見た時よりいくらか上に移動していた。

凛が口にした『会いたい』という言葉は、鈴木周平にとっても思いがけないものだったようで、彼はしばらくのあいだ口を噤《つぐ》んでいた。それから、『石黒という男と何があったんですか？』と、ためらいがちに凛に尋ねた。

それで凛はこの長い一日のことを、順を追って鈴木周平に伝えた。できるだけ冷静に話したつもりだった。けれど、話している途中で感情が高ぶり、思わず嗚咽《おえつ》を漏らしてしまった。

その嗚咽が聞こえたのだろう。彼は『加納先生、会いに来てください。僕も先生にお会いしたいです』と凛に告げた。

「行きます。今すぐ行きます」

そう答えて電話を切ると、凛はすぐに自宅を出て、彼のマンションに向かって車を走らせ始めた。

話をしていた時には凜も、彼に会いたくてならなかった。

けれど、車に乗っているあいだに心が揺れ始めた。

凜、あなた、正気なの？　本気であの男に会うつもりなの？　会ってどうするつもりなの？　いったい何を期待しているの？

男のマンションに向かって東名《とうめい》高速道路を走りながら、凜は何度となくそう自問した。首都高速三号線に入ると、その思いはさらに強くなった。

ハイウェイの下り車線はひどく渋滞していた。けれど、都心へと向かう上り線はガラガラだった。ハンドルの操作を続けながら、ふと、石黒達也のことを考えた。

石黒達也もまた、凜を強く想っていた。そして、彼もまた、エロティックな写真をネタにして凜を脅していた。

そういう意味では、鈴木周平と石黒達也のしてきたことは驚くほどよく似ていた。

それにもかかわらず、凜の中でふたりは対極と言ってもいい場所に位置していた。

石黒達也には嫌悪と憎悪しか感じなかった。けれど、鈴木周平に対しては、嫌悪も憎悪も覚えなかった。それどころか今、凜は鈴木周平に好意に近い感情を抱いていた。

そんなストーカーに会ってどうするつもり？　まさか、助けてもらおうと思っているの？　そのストーカーの恋人になって、彼の情けに縋るつもりでいるの？

凜はまた自問した。自分がとんでもなく、愚かなことをしているような気がした。

それでも、凜はアクセルを踏み続けた。ハイウェイの両側に立ち並んだ照明灯の光が、磨き上げられたボンネットを規則正しく走り抜けていった。

鈴木周平が書いて来た通り、そのマンションは臨海地区の埋め立て地に摩天楼のように聳えていた。彼に指示された通り、マンションの地下にある来客用の駐車場に、凜は自宅から運転して来た車を停めた。

車を降りる前に、手鏡を取り出して自分の顔を見つめた。

長く泣いていたために目が充血し、今も瞼《まぶた》が腫《は》れ上がっていた。少しでもマシに見えるよう、家を出る前に化粧を直したのだが、それはうまくいっていないように見えた。

ひどい顔……こんな顔を見られたくないな。

手鏡に映った顔を見つめて凜は思った。鈴木周平に写真を送る時には、いつも入念な化粧を施していたから。

車の中でもう一度化粧を直すことも考えた。けれど、凜はそうせずに車を降り、上層階へと向かうエレベーターに乗り込んだ。

もし、きょうのようなことがなかったとしても、わたしはここに来たのだろうか？

石黒達也があんなことをしなくても、わたしは今、ここにいるのだろうか？

勢いよく上昇していくエレベーターの中で、凜はまたしてもそんなことを考えた。自分の中にとてもしたたかで、打算的な女がいるように感じたのだ。

エレベーターは瞬く間に四十階に到着し、ほとんど音を立てずに扉が開いた。凜はためらいながらもエレベーターを降りると、銀色に輝くその扉の前に無言で佇《たたず》んだ。行くべきなのかどうか、いまだに迷っていたのだ。

不自然なほどに静かだった。これほどの静寂に触れるのは、実に久しぶりだった。二分か三分のあいだ、凜はエレベーターの扉の前で躊躇《ちゅうちょ》していた。それから、ようやく心を決めた。

彼には会わず、自宅に引き返すことにしたのだ。

やっぱり、きょうは会えない。いつかは会うとしても、きょうはダメだ。

凜はエレベーターに向き直り、そのボタンを押した。

今夜のわたしは、いつものわたしじゃない。今夜のわたしはどうかしている。もし彼に会ったら、その好意に縋ろうとするかもしれない。情けを乞《こ》おうとするかもしれない。そんなわたしは、わたしじゃない。だから、帰ろう。とにかく、今夜は戻ろう。

エレベーターが上昇して来るのを待つあいだ、凜は自分自身にそう言い聞かせていた。すぐにエレベーターがやって来た。そのエレベーターに凜が乗り込んだちょうどその時、背後から「加納先生」という女の声がした。

とっさに凜は振り向いた。

そこに白いエプロンを身につけた中年の女が立っていた。凜の母と同じように、かなり大柄な太った化粧っけのない女だったけれど、凜の母とは違って、とても優しそうな顔つきをしていた。

「あの……加納先生ですよね？」

女が訊《き》いた。その顔に穏やかな笑みが浮かんでいた。

「はい。加納です」

凜は反射的に笑みを浮かべた。

「わたしは鈴木さんの看護師をしている篠沢《しのざわ》といいます。鈴木さんから加納先生をお迎えに行くように言われて来ました」

「看護師さん？」

「ええ。ほかの三人の看護師と交替で、鈴木さんの世話をさせてもらっています」

心の中で凜は首を傾げた。だが、それ以上の質問はせず、看護師だという大柄な女のあとについてカーペットが敷き詰められた廊下を歩き始めた。帰るつもりでいたけれど、迎えに来られては帰れなかった。

鈴木周平が暮らしているのは、廊下の突き当たりにある部屋のようだった。

篠沢という看護師が、「どうぞ、こちらに」と言ってドアを開けた。

ドアの向こうにあった玄関は、マンションの一室だとは思えないほどに広々としていた。玄関のたたきに当たるスペースだけでも畳に換算したら、六畳……いや、それ以上ありそうだった。玄関には洒落《しゃれ》たガラス戸棚があって、そこに美しい女性の磁器製の人形が何体も飾られていた。玄関から真っすぐに延びた廊下の両側の壁には、立派な額に納められた絵が何枚も掛けられていた。

「さあさあ、鈴木さんがお待ちですよ」

靴を脱ぐのを待ち兼ねたかのように、篠沢という看護師が凜を室内に招き入れた。

凜が案内されたのは、三十平方メートル以上はありそうな広々とした洋室で、窓がたくさんある清潔で明るい部屋だった。

その窓に歩み寄ると、凜は眼下に広がる夜景を軽い驚きとともに見つめた。

凜の部屋から見る繁華街の光景も、なかなかに美しいものだった。けれど、その窓から見える景色とは比べ物にならなかった。

光、光、光……無数の建物が、無数の光を放っていた。それはまるで地上の銀河を見下ろしているようだった。いや、何十万という発光するビーズを、辺り一面にバラまいたかのようだった。

ライトアップされた東京タワーがすぐそこに見えた。少し遠くには東京スカイツリーも見えた。その窓のすぐ下には東京湾から続く水路が広がっていて、明かりを満載したたくさんの船舶がその水面《みなも》を行き交っていた。水路の向こうにはハイウェイがあり、そこに無数のヘッドライトとテールランプが連なっていた。

しばらく夜景を見ていたあとで、凜は広々とした室内を物珍しそうに見まわした。

その部屋の壁にも、額に納められた何枚もの絵が掛けられていた。凜は美術にはあまり詳しくなかったが、たぶん、著名なフランス人画家によって二十世紀の初頭に描かれたエッチングだった。どの絵にも少し生意気そうな女たちが楽しげに笑っている様子が描かれていた。

その部屋にもいくつかのガラス戸棚があり、そこにもやはり磁器製と思われる美しい人形が飾られていた。人形はどれも女性で、裸婦もあったし、天使や妖精《ようせい》をかたどったものもあった。磁器製の花籠《はなかご》や花束もあった。

凜を窓辺に残して、看護師が部屋の奥にあるドアをノックし、それを静かに開いた。そして、ドアの向こうに向かって、「加納先生がいらっしゃいましたよ」と声をかけた。

「ありがとうございます。お通ししてください」

男の声が聞こえた。特徴に乏しい声だった。

「加納先生、こちらにいらしてください」

大柄な看護師が笑顔で手招きし、凜はそのドアに向かって真っすぐに歩いた。

ドアの向こうにあったのは、やはりとても広々とした洋室で、背後の部屋と同じようにたくさんの窓があった。

その部屋の中央に大きなベッドが置かれていて、そこに白と青のストライプのパジャマ姿の男がいた。その男は七十度ほどに起こしたリクライニング式のベッドに寄りかかり、こちらをじっと見つめていた。

男の姿を目にした瞬間には、鈴木周平だとはわからなかった。だが、その直後に理解した。

きっと、あの人だ。あの人はこんな顔をしていたような気がする。

凛は思った。

写真と同じように、その男もひどく特徴のない顔をしていた。目を逸《そ》らした瞬間に忘れてしまいそうな……いや、こうして見ていても、忘れてしまいそうな顔だった。

「加納先生、初めまして。鈴木周平です」

リクライニング式のベッドに寄りかかった男が言った。特徴のないその顔には、親しげな笑みが浮かんでいた。

凛は無言のまま頭を下げた。床に敷かれたカーペットと自分の靴が見えた。

篠沢という大柄な女の顔は、はっきりと覚えていた。だが、男から目を離したその瞬間、凛はベッドにいる男の顔を忘れた。

ゆっくりと顔を上げた凛は、再び男の顔を見つめた。

そんな凛を、男が目を細めるようにしてじっと見つめ返した。白かった男の頬が、見る見るうちに赤らんでいった。

「こんなところに寝転がったままですみません。失礼をお許しください。実は、僕は首から下がまったく動かせないんですよ」

「えっ、そうなんですか？」

驚いて凜は訊いた。

「ええ。十七歳の頃からずっとこうなんですよ」

男がにっこりと微笑んだ。極めて特徴のないその顔が、一段と赤くなった。

凜は無言で頷《うなず》いた。十七歳になったばかりの時に彼に起きた『小さな事件』とは、おそらくはそのことだったのだ。

その部屋にも大きな窓がいくつかあった。凜は何気なく、その窓のひとつに顔を向けた。その窓の外にも大都会の美しい夜景が広がっていた。

白い壁には一枚だけ額が掛けられていた。その額の中に、凜の顔を描いたと思われる油絵が納められていた。

そして、その瞬間、凜はまた、自分がベッドの上にいる男の顔を忘れてしまったことに気づいた。

5

鈴木周平が首から下の自由を失ったのは、十七歳の誕生日を迎えた直後のことだった。

体育祭で披露する組体操の練習中に彼らの櫓《やぐら》が崩れ落ち、鈴木周平は硬いグラウンドに叩《たた》きつけられて頸椎《けいつい》を損傷したのだ。

そのことによって、彼は首から下がまったく動かせなくなった。動かせないだけでなく、首から下の部分がまったく感じなくなってしまった。

両親はひどく驚き、嘆き悲しんだ。そして、事故が起きたのは学校と体育の教師のせいだとして、彼らを訴える準備を始めた。

それは彼には意外だった。ふたりは自分のことなど、まったく気にかけていないと思っていたからだ。

両親に初めて心配されて、彼は少し嬉《うれ》しく感じた。けれど、あとになって、両親が嘆き悲しんだのは、彼のためにではなく、兄や自分たちのためだったということを知った。厄介者の面倒を、長男や自分たちが永久に看《み》なければならないということが両親を嘆かせたのだ。

いずれにしても、彼自身は嘆くことも、悲しむこともなかった。自分の人生に、もともと何の期待もしていなかったから、嘆き悲しむ理由はなかった。

そんなふうにして、鈴木周平は寝たきりになった。自分で食事をとることも、トイレに行くことも、それどころか、寝返りを打つことさえできなくなったのだ。

首から下が完全に麻痺《まひ》しているというのは、かなり奇妙なものだった。それはまるで、自分が頭だけの存在になってしまったような感じだった。

そのことに、彼も最初は戸惑った。けれど、今はもうすっかり慣れた。人というものは、どんなことにも慣れていくものなのだ。

幸いなことに父は裕福だったから、兄や両親が彼の面倒をじかに看る必要はなかった。数人の看護師に交替で来てもらい、二十四時間、彼の看護をするようにさせたのだ。

彼にはそれがありがたかった。家族に面倒を看てもらうより、お金で雇った他人に看護してもらったほうがずっと気が楽だった。

頸椎損傷の事故から一年近くが経った十八歳の誕生日のお祝いに、彼の両親が特殊な装置がついたパソコンをプレゼントしてくれた。それは音声入力ができるというパソコンだった。

そのパソコンが人生を大きく変えた。彼はベッドに横たわったまま、全世界を垣間見《かいま》、全世界に触れることができるようになったのだ。

やがて、彼は株式投資を始め、巨万の富とも言えるほどの大金を手にするようになった。そして、幼い頃の憧《あこが》れだった加納凜に会ってみたいと切望するようになった。

けれど、加納凜が会いに来ると言った時、鈴木周平はかなり慌てた。会いたいとずっと切望していたにもかかわらず、あまりにも急な展開にうろたえてしまったのだ。

彼女から送られて来る写真を彼はいつも見ていた。だから、彼女のことはよく知っているはずだった。それにもかかわらず、ドアの脇に立った彼女を目にした瞬間、彼は叫び声を上げたくなるほどの高ぶりを覚えた。

長い年月を経てようやくじかに見る加納凜は、飾り気のない白い長袖《ながそで》のブラウスに、緑色のタータンチェックのロングスカートという格好をしていた。長くつややかな黒髪は今、左右の肩のところから美しく流れ落ちていた。

ああっ、彼女がいる！　ここに本当にいる！　僕に会うためにここにいるんだっ！

彼は必死に平静を装おうとしたが、今は感覚のまったくなくなった体の中に、強烈な気持ちが広がっていくのをはっきりと感じた。

加納凜を寝室に招き入れると、看護師はすぐに部屋を出て行った。来客のためにコーヒーとケーキの用意をしてくれるらしかった。


看護師が出て行くとすぐに、恐る恐るといった様子で加納凜が彼のベッドに歩み寄って来た。

「鈴木さん、体のこと、どうして教えてくれなかったんですか？」

ベッドの脇に立った加納凜が彼を見下ろして訊《き》いた。電話で聞いた時よりも、その声は遥《はる》かに透き通っているように感じられた。

きっとずっと泣いていたのだろう。彼女の瞼《まぶた》は少し腫《は》れているように見えた。

「わざわざ伝える必要もないかと思ったんですよ。先生にとっては、どうでもいいことですからね」

彼は加納凜を見つめた。そんなに見つめては失礼だとは思いながらも、見つめずにはいられなかった。

これは夢なのではないかと何度も思った。実際、彼は彼女がこの部屋に来た夢を、これまでに何度も見ていて、目を覚ますたびにひどく失望したものだった。

だが、どうやら、今度こそ夢ではないようだった。いや、どうなのだろう？　これも夢なのだろうか？　また目が覚めて、がっかりすることになるのだろうか？

すぐに看護師がトレイを持って戻って来た。彼女のトレイに載っているのは、湯気の立つ洒落《しゃれ》た磁器製のカップがひとつと、チョコレートケーキがひとつだった。

彼は自分ひとりでは何も飲めないし、何も食べられない。だから、飲み物やお菓子は、いつも来客の人数分だけでよかった。

「ごゆっくりなさっていってください」

大柄な中年の女性看護師が笑顔で彼女に言い、ベッドのサイドテーブルにソーサーに載った磁器製のカップと、磁器製の小皿に載せられたチョコレートケーキをそっと置いた。

「ありがとうございます」

彼女が看護師に頭を下げた。「急に押し掛けて済みません。長居はしませんから、お気遣いなくお願いします」

「わたしのことは気にしないでください。鈴木さんにもたまにはこんな気晴らしが必要です。それにしても、鈴木さんに、こんなに綺麗《きれい》な女のお友達がいたと知って、わたしもすごく嬉しいんですよ」

彼女と彼を交互に見つめて看護師が笑った。そして、化粧っけのない顔に笑みを浮かべたまま、「ごゆっくりなさってください」と言って、大柄な体を揺らすようにして部屋を出て行った。

「加納先生……あの……お掛けになりませんか？」

怖《お》ず怖ずと彼が言い、加納凜はベッドの脇に置かれていた椅子に姿勢よく腰かけた。

香水はつけていないようだったけれど、彼女からはライムを思わせるような香りがした。

これから僕は彼女を救い出す。破滅へと追い込まれようとしている彼女を、そこから救い出す。彼女への恩返しを、今こそ果たすのだ。

鈴木周平はそう思った。自分が正義のヒーローになったような気がした。

6

座り心地のいい椅子に姿勢よく腰かけ、凜は看護師が運んで来てくれたコーヒーを飲んだ。酸味と香りの強い美味《おい》しいコーヒーだった。

すぐそこのリクライニング式のベッドには鈴木周平がいて、色白の顔を少し赤らめて凜を見つめていた。

「加納先生、あの……お会いできて、ものすごく嬉しいです。あの……何ていうか……今も夢を見ているみたいな気がします」

言葉を選ぶようにして男が言った。その顔がまた赤くなった。

「驚きました。鈴木さんが四年生の一学期のあいだ同じ教室で勉強していたなんて、わたしには今も信じられない気持ちです」

ソーサーの上にカップを戻し、凜は男の顔を見つめ返した。さっきから何度となく彼を見ているというのに、その顔は今も、目を離した瞬間に忘れてしまいそうな気がした。

「そう簡単には信じられませんよね。でも、あそこに書いたのは……あの……すべてが真実です。先生のいたあの教室に僕もいたんです。先生の少し後ろから先生を見つめていたんです。あの……びっくりされましたよね？」

男が言った。顔がよりいっそう赤らんだ。

「ええ。びっくりしました。でも……嬉しかったです」

凜は笑顔で答えた。

「それは、あの……本当ですか？」

不安そうで、それでいて嬉しそうな顔をして男が言った。

「ええ。嬉しかった。こんなにも長いあいだ、こんなにも強くわたしのことを想ってくれる人がいたなんて、あの……考えたこともなかったから……」

凛もまた言葉を選びながら答えた。

凛の言葉を聞いた男が一段と顔を赤くした。今では耳や首までが真っ赤に染まっていた。


それから三十分ほどのあいだ、凛は男といろいろな話をした。彼は凛についてよく知っていたから、質問をしたのは主に凛で、彼はそのひとつひとつに丁寧に答えた。

身動きのできない暮らしというのは、凛が想像していたより遥かに大変なもののようだった。彼は今も紙おむつをしていた。寝返りを打てない彼のために、看護師は定期的に彼の体の向きを変えていた。食事も水分補給も、すべて看護師の手が必要だった。

二日に一度、彼は入浴サービスを受けていた。だが、それ以外の日には一日に一度、暑い時季には二度も三度も、看護師が濡《ぬ》れタオルで彼の全身を拭《ふ》いていた。こうして凛と向き合っている今も、彼の体重を受けている尻《しり》では鬱血《うっけつ》が進んでいるということだった。

「まったく動かないから、普通の人だったらお尻が痺《しび》れ始めているはずです。でも、僕にはそれが少しも感じられないんですよ。手をつねられても痛くないし、お腹を殴られても痛くないんです」

「大変なのね」

凛は言った。もし、自分がそうなったらと思うと、いたたまれないような気持ちだった。

「いいえ。少しも大変じゃないですよ」

「そうなんですか？」

「ええ。看護師さんたちがみんなよくしてくれますから、大変なことなんて僕にはひとつもないんです」

彼が笑顔で答えた。もう最初の頃のように、顔を赤らめることはなかった。

一通り、凛の質問が終わると、今度は彼が凛に質問をした。きょう凛の身に降り掛かって来た出来事についてもう一度尋ねたのだ。

凛は正直に答えたが、それはかなり辛《つら》いものだった。

話しているうちに様々な思いが心をよぎり、凛は思わず涙ぐんだ。

そう。教師としての凛は、きょうでいなくなったのだ。大学生だった頃から教師になるための努力を続け、これまで積み上げて来たもののすべてを、凛はきょう、一瞬にして失ったのだ。自分が担任している生徒たちや、チアリーディング部の部員たちの顔を見ることも、おそらくは二度とないのだ。

「加納先生、もう結構です。辛いことを何回も思い出させて済みません。もう充分です。もう話さなくて結構です」

途中で男が口を挟み、凛は口を結んで頷《うなず》いた。頬を流れ落ちた涙が顎《あご》の先から滴った。

しばらくの沈黙があった。そのあいだに凜の涙も止まった。

沈黙を破ったのは男のほうだった。

「こんなことを言うと、気を悪くなさるかもしれないのですが……あの……僕に、あの……何ていうか……先生を助けさせていただけないでしょうか?」

男がとても言いづらそうに、そんな言葉を口にした。

「わたしを助ける?」

凜は顔を上げ、本当に特徴のない男の顔を見つめた。

「ええ。あの……差し支えなければ、僕に先生の当面の生活費を出させていただけませんか? 当面のではなく、ずっとでもいいのですが……あの……代償は何も求めていません。僕はただ……恩返しがしたいだけなんです」

男が言ったが、凜は驚きはしなかった。彼がそんなことを口にするのではないかと予想していたからだ。ただ、『恩返し』という言葉は少し意外だった。

「何の恩返しなんですか? わたしは鈴木さんに何もしてあげていませんよ」

「そんなことはありません。先生はずっと、僕の心の支えだったんです。いつか先生と会うということが、僕の生きる目的だったんです。先生が生きている。だから、僕も生きようって、そう思いながら僕はずっと暮らして来たんです。だから、その恩返しです。

お金を出させてください。代償はいりません。先生の幸せが僕の幸せなんです」

珍しく強い口調で男が言った。その顔がまた赤くなっていた。

7

男の言葉は凜の胸に強く響いた。思わず頷いてしまいそうだった。

凜は一瞬、この豪華な部屋での彼との暮らしを思い浮かべた。ここでこうして毎日、彼と語り合って暮らすことを。これほどまでに自分を求めてくれる男とふたりで、お金の心配をせずに暮らすことを。

けれど、頷くことはできなかった。少なくとも、今は頷けなかった。

彼を愛していれば、頷いただろう。だが、今はまだ凜の中に彼への愛は存在しなかった。好意のような感情を抱いてはいたが、男として好きだとは感じなかった。

だとしたら、頷くことはできなかった。もし頷いたとしたら、それはしたたかで、薄汚れた打算だった。頷くことは、凜自身のこれまでの生き方を否定することだった。

「ありがとう、鈴木さん。そう言ってもらえて、すごく嬉《うれ》しいです。でも、その提案はお受けできません。そこまでしてもらう理由が、わたしにはありませんから」

男の目を真っすぐに見つめ、笑わずに凜は言った。

男ががっかりするのだろうと凜は思った。特徴のないその顔に、強い失望が浮かぶのだろう、と。

けれど、そうではなかった。

「実は、先生ならそうおっしゃるだろうと思っていました」

男が言った。赤くなったその顔には、朗らかな笑みが浮かんでいた。「僕は先生のことを誰よりもよく知っていますから……だから、先生なら、きっとそう言うんだろうなと思っていました」

「鈴木さん、本当にわたしのことがよくわかっているんですね」

「ええ。僕は加納凜研究の第一人者ですからね」

おどけたような口調で男が言った。その顔には今も笑みが浮かんでいた。「ところで、先生、実際問題として、あしたからどうなさるおつもりなんですか？　あの……学校にはもう行きづらいでしょう？」

男の顔から笑みが消え、代わりに心配そうな表情が浮かび上がった。

「ええ。教師としては、もうダメかもしれません」

凜は答えた。あしたからのことを考えると、急に気持ちが沈み込んだ。

「あの……先生……」

男が何かを言いかけた。

その言葉を遮るようにして、凜は言葉を続けた。

「でも、心配しないでください。自分で何とかしますから。頑張れば、きっと何とかなるはずですから」

　自分自身に言い聞かせるかのように凛が言い、男が凛を見つめて無言で頷いた。

　看護師が出してくれたチョコレートケーキには手をつけなかった。食欲がまったくなかったのだ。

　途中で一度、トイレを借りた。トイレから戻って男の顔を見た瞬間、凛はまた『あれっ、こんな顔の人だったっけ？』と思った。

「鈴木さん、今夜はもう遅いので、そろそろ失礼させていただきます」

　トイレから戻った凛は、椅子には座らず男に言った。

　男は引き止めなかった。凛を見つめて、ゆっくりと頷いただけだった。

「加納先生、またいらしていただけますか？」

　少し不安げな顔をして男が尋ねた。

「ええ。来ます。またすぐに来ます」

　男のすぐ脇に歩み寄って凛は答えた。本当にそうするつもりだった。

　凛の言葉を耳にした男の顔に、安堵《あんど》の表情が広がった。

　凛が彼から離れかけた時、サイドテーブルに置かれた手つかずのチョコレートケーキに視線を移した男が訊《き》いた。

「先生、あの……そのケーキは召し上がらないんですか？」

「ごめんなさい。ちょっと食欲がなくて……」

「だったら、あの……僕が食べてもいいですか？」

凜の顔を見上げるようにして男が尋ねた。

「ええ。いいですよ。食べてください」

「自分では食べられないんで……よかったら、あの……食べさせていただけますか？」

「ああ、そうでしたね。ごめんなさい」

そう言うと、凜はサイドテーブルに身を屈《かが》め、小皿に添えられたフォークを手に取った。そして、目の前のケーキを小さく切り分け、そのひとつを男の口へと運んだ。

その瞬間、男が目を閉じ、小鳥の雛《ひな》のように口を大きく開いた。定期的にやって来る歯科衛生士にケアをしてもらっているという男は、とても綺麗《きれい》な歯をしていた。

男は目を閉じたまま、口に入れられたケーキをゆっくりと咀嚼《そしやく》した。それから、静かに目を閉じ、穏やかな顔をして「幸せだなあ」と呟《つぶや》いた。

「僕ひとりが、こんなにも幸せでいいのかなあ。先生にケーキを食べさせてもらえるなんて、夢を見ているみたいです」

その瞬間、凜は衝動的に男に顔を近づけた。そして、ほとんど何も考えないまま、男の頰に唇を押し当てた。

男はひどく驚いた顔をして凜を見つめた。その後は急に難しい顔つきになり、そのまま顔を俯《うつむ》けてしまった。

男は俯いたまま、無言でゆっくりと顔を左右に振り動かしていた。

「あの……鈴木さん……」

凜は慌てて呼びかけた。自分が何か、馬鹿なことをしでかしてしまったと思ったのだ。

十秒以上のあいだ、男は俯き続けていた。それから、ゆっくりと顔を上げた。

驚いたことに、男は泣いていた。

エピローグ

帰りは下りの車線も空《す》いていた。

アクセルを踏み込みながら、凜は自分がこれから、小さな小さな舟に乗って、嵐の大海に漕《こ》ぎ出して行くような気持ちになっていた。

そう。凜の行く手に広がっているのは、荒れ狂う大海原に違いなかった。小さな舟など一瞬にして呑《の》み込んでしまうような恐ろしい海に違いなかった。

教師という社会的な地位を、凜は間違いなく失うはずだった。そのことによって、収入も絶たれてしまうに違いなかった。再び学校の教師をするのは難しいかもしれなかった。塾や予備校で働くこともできないかもしれなかった。

けれど、凜はもはや恐れなかった。

大丈夫。わたしはぶれない。大丈夫。大丈夫。

両手でハンドルを握り締め、凜は自分に言い聞かせた。

鈴木周平の顔を思い出そうとした。凜にキスをされ、涙を流していた彼の顔を。

けれど、それはできなかった。すでに彼の顔を忘れていたのだ。

「どうしてあんなに特徴のない顔をしているんだろう?」

口に出して凜は言った。その言葉がおかしくて、思わず笑った。

「いつになったら、顔を覚えられるんだろう？　何回見たら、覚えていられるようになるんだろう？」

もう一度、口に出して呟いた。

それは凜にもわからなかったけれど、きっといつかは覚えられるのだろうと思った。

顔は思い出せなくても、彼のことを考えると胸が熱くなるような気がした。

あとがき

結婚して初めて迎える誕生日の数日前、妻が僕の誕生日にアサガオの種を蒔《ま》こうと言い出した。もう二十八年も前のことだ。

幼かった頃、母は毎年、僕の誕生日の五月十日にアサガオの種を蒔いていた。新婚の妻はそれを、僕の母から聞いていたらしい。

あの日、僕たちは自宅近くの園芸店に行き、何種類かのアサガオの種を買い、数日後の僕の二十九歳の誕生日にベランダに置いたプランターにそれを蒔いた。

アサガオはすくすくと育ち、その夏のあいだ毎朝、美しい花を次々と開かせ、僕たちの目を楽しませてくれた。妻が好きなのは『暁の海』という青いアサガオで、僕のお気に入りは『暁の夢』という茶色のアサガオである。

花が終わるとアサガオは、数えきれないほどたくさんの種を稔《みの》らせた。僕たちはその種を収穫し、その翌年の僕の誕生日にまたそれを蒔いた。翌年も、その翌年も、そのまた翌年も同じことを繰り返した。僕の母もいまだに、同じことをしているという。

今年の春は慌ただしくて、僕たちはアサガオの種蒔きをすっかり忘れていた。けれど、誕生日から一ヵ月近くがすぎたきのう、屋上に並べたプランターにようやくアサガオの種を蒔いた。ついでに、春のあいだにできなかったさまざまな園芸作業もした。

作業が終わると、僕たち夫婦は屋上の椅子に腰かけ、夕日に染まった雲や、ねぐらに帰る鳥たちを眺めながら一休みした。

吹き抜ける風が妻の髪をなびかせ、プランターに植えられた野菜やハーブの葉をそよがせていた。ここ数日はカラッとした日が続いていたが、きのうの風は湿り気を帯びていた。

妻が何を考えていたのかはわからない。けれど、僕のほうは、少し感傷的な気持ちになっていた。

『暁の海』も『暁の夢』も、毎年、同じ花を咲かせ続ける。だが、それを眺める僕たちは、毎年、確実に年を取っていく。

その当たり前のことが、僕にはひどく寂しく感じられたし、切なくも感じられた。

『僕たちはすぐに、いなくなる』

作家としてデビューした二十五年前、すでに僕はそう書いていた。あの時からそう思っていたのだ。

だが、実際に年月がすぎ、人生の半分以上が終わってしまったに違いない今、その言葉はさらに切実に感じられる。

生の時間というものは、とてつもなく貴重なものなのだ。生きているということは、ほとんど奇跡的なことなのだ。

嚙《か》み締めよう。この一瞬、一瞬を、必死で嚙み締めて生きよう。

妻と寄り添うように椅子に腰掛けて、僕はそんなことを思っていた。


この本は僕の六十一冊目の新刊ということになる。六十冊を一区切りだと考えていた僕は、この六十一冊目を作家としての新たなスタートのつもりで書いた。

その執筆に当たっては、構想の段階からKADOKAWAの谷口眞依さんに助けていただいた。その後は、新しく担当になった辻村碧さんにもご尽力をいただいた。編集長の野崎智子さんには、ずっとお世話になり続けている。この場を借りて、三人に感謝したい。

野崎さん、辻村さん、谷口さん、本当にありがとうございました。これからも全身全霊を傾けて書き続けるつもりです。どうぞ、末永く、よろしくお願いいたします。

二〇一八年六月　関東地方の梅雨入りの日に

大石　圭

本書は角川ホラー文庫のための書き下ろしです。
また、本書はフィクションであり、実在の人物や団体、地域とは一切関係ありません。

モニター越《ご》しの飼育《しいく》

大石 圭《おおいし けい》

角川ホラー文庫 21122

平成30年8月25日　初版発行
令和6年5月15日　再版発行

発行者――山下直久
発　行――株式会社KADOKAWA
〒102-8177　東京都千代田区富士見2-13-3
電話 0570-002-301（ナビダイヤル）
印刷所――株式会社KADOKAWA
製本所――株式会社KADOKAWA
装幀者――田島照久

●お問い合わせ
https://www.kadokawa.co.jp/（「お問い合わせ」へお進みください）
※内容によっては、お答えできない場合があります。
※サポートは日本国内のみとさせていただきます。
※Japanese text only

ISBN978-4-04-107104-5 C0193

角川文庫発刊に際して

角　川　源　義

第二次世界大戦の敗北は、軍事力の敗北であった以上に、私たちの若い文化力の敗退であった。私たちの文化が戦争に対して如何に無力であり、単なるあだ花に過ぎなかったかを、私たちは身を以て体験し痛感した。西洋近代文化の摂取にとって、明治以後八十年の歳月は決して短かすぎたとは言えない。にもかかわらず、近代文化の伝統を確立し、自由な批判と柔軟な良識に富む文化層として自らを形成することに私たちは失敗して来た。そしてこれは、各層への文化の普及滲透を任務とする出版人の責任でもあった。

一九四五年以来、私たちは再び振出しに戻り、第一歩から踏み出すことを余儀なくされた。これは大きな不幸ではあるが、反面、これまでの混沌・未熟・歪曲の中にあった我が国の文化に秩序と確たる基礎を齎らすためには絶好の機会でもある。角川書店は、このような祖国の文化的危機にあたり、微力をも顧みず再建の礎石たるべき抱負と決意とをもって出発したが、ここに創立以来の念願を果すべく角川文庫を発刊する。これまで刊行されたあらゆる全集叢書文庫類の長所と短所とを検討し、古今東西の不朽の典籍を、良心的編集のもとに、廉価に、そして書架にふさわしい美本として、多くのひとびとに提供しようとする。しかし私たちは徒らに百科全書的な知識のジレッタントを作ることを目的とせず、あくまで祖国の文化に秩序と再建への道を示し、この文庫を角川書店の栄ある事業として、今後永久に継続発展せしめ、学芸と教養との殿堂として大成せんことを期したい。多くの読書子の愛情ある忠言と支持とによって、この希望と抱負とを完遂せしめられんことを願う。

一九四九年五月三日